Tschingis Aitmatow, geboren am 12. Dezember 1928 in Sheker/Kirgisien, lebt heute in Moskau und Frunse/Kirgisien.
1946 studierte er an der Technischen Hochschule in Dshambul Veterinärmedizin. Nach dreijähriger Arbeit auf dem Experimentiergut des Wissenschaftlichen Viehzuchtforschungsinstituts von Kirgisien geht Aitmatow 1956 bis 1958 an das Literatur-Institut »Maxim Gorki« nach Moskau. Aitmatows Name repräsentiert – auch in der westlichen Welt – die beste zeitgenössische Sowjetliteratur. Von 1952 an veröffentlicht Aitmatow Erzählungen in Zeitschriften. Als 30jähriger schrieb er »Dshamilja« und erlangte mit diesem Werk einen bis heute ungebrochenen Weltruhm.
Im zentralasiatischen Kirgisien, ganz im Nordosten irgendwo im Tal des Kukureuflusses im Sommer des dritten Kriegsjahres 1943, hat sie sich abgespielt, »die schönste Liebesgeschichte der Welt«, wie Louis Aragon die Erzählung »Dshamilja« nennt. Said, der damals 15jährige, der Dshamilja glühend liebte und nicht wußte, wie Liebe sich zuträgt, erzählt diese Geschichte mit großem Erstaunen.

insel taschenbuch 2323
Tschingis Aitmatow
Dshamilja
Ein insel taschenbuch
im Großdruck

Tschingis Aitmatow
Dshamilja

Erzählung

Aus dem Russischen von
Gisela Drohla
Mit einem Vorwort von
Louis Aragon
und Zeichnungen von
Hans G. Schellenberger

Insel Verlag

insel taschenbuch 2323
Erste Auflage 1990
Für die Übersetzung:
© 1962 Insel Verlag Frankfurt am Main
Alle Rechte vorbehalten
Für das Vorwort von Louis Aragon:
© Les Éditeurs Français Réunis 1963
Für die Illustrationen:
© Insel Verlag Frankfurt am Main 1990
Alle Rechte vorbehalten
Hinweise zu dieser Ausgabe am Schluß des Bandes
Vertrieb durch den Suhrkamp Taschenbuch Verlag
Umschlag nach Entwürfen von Willy Fleckhaus
Satz und Druck: Wagner GmbH, Nördlingen
Printed in Germany

2 3 4 5 6 – 95 94 93 92

Inhalt

Louis Aragon
Die schönste Liebesgeschichte
der Welt

Aus dem Französischen von
Traugott König

Es gibt eine Geschichte von Rudyard Kipling, die heißt: »Die schönste Geschichte der Welt«. Sie war die Titelgeschichte einer Sammlung von Geschichten. Mit diesem Buch kam ich, ich mochte etwa zwölf Jahre gewesen sein, nicht zu Rande. Man hatte es mir geschenkt, aber ich konnte mich nicht entschließen, es zu lesen. Und zwar wegen seines Anfangs. Ich las es schließlich doch, mochte mich aber immer noch nicht an die Titelgeschichte heranmachen. Ich wußte nämlich, daß dieser Titel eine Bauernfängerei, daß diese Geschichte nicht die schönste der Welt war, gar nicht sein konnte. Und sie war es auch wirklich nicht. Ich habe das Kipling nie verziehen.

Heute, wo ich sagen will, was ich von *Dshamilja* halte, zögere ich daher, sie so zu nennen, und dennoch, für mich ist es die schönste *Liebesgeschichte* der Welt. Deshalb habe ich diese Geschichte übersetzt, wider alle Vernunft und in einer Zeit, die allem, was mich quält, entzogen wurde, und nun liegt sie für den Druck fertig vor mir; es ist die schönste Liebesgeschichte der Welt. Ich mußte es aussprechen. Ich mochte keine andere mehr. Man hätte es einfach auf das Streifband schreiben können, mit meiner Unterschrift. Aber kaum hatte ich diese Worte *Die schönste Liebesgeschichte der Welt* geschrieben, da wußte ich schon, daß ich mich nicht darauf beschränken könnte.

Ich las die aus dem Kirgisischen übersetzte Novelle in der sowjetischen Zeitschrift *Novyj mir* vom August 1958. Der Name des Autors war mir unbekannt. Ich informierte mich, und man sagte mir ganz banale Dinge, die mich nicht aufklärten. Es handelte sich um einen literarischen Neuling. Der Schriftsteller Tschingis Aitmatow ist am 12. Dezember 1928 geboren, war also erst 30 Jahre alt, als *Dshamilja* erschien. Er ist der Sohn eines Angestellten aus dem Dorf Sheker in Kirgisien. Daß er in Sheker zur Schule gegangen ist, dann auf eine Bezirksschule, und daß er mit fünfzehn Jahren, das heißt genau in der Zeit, in der *Dshamilja* spielt, im Sommer des dritten Kriegsjahres, als es nur noch wenige Männer im Dorf gab, – daß er damals Sekretär des Dorfsowjet war, das alles sagt uns wenig über ihn. 1946 treffen wir ihn in Dshambul, einer Stadt in der Nähe von Kasachstan, auf der Technischen Hochschule, wo er Veterinärmedizin studiert, dann auf dem Landwirtschaftsinstitut von Kirgisien, das er 1953 verläßt. Von diesem Zeitpunkt an bis zum Erscheinen von *Dshamilja* arbeitet Aitmatow auf dem Experimentiergut des Wissenschaftlichen Viehzuchtforschungsinstituts von Kirgisien. Von 1952 an erscheinen in der Presse seines Landes eine Reihe von Erzählungen, mit denen er in die Literatur eintritt. Aitmatow übersetzt Werke kirgisischer Schriftsteller ins Russische. Daß er von 1956 bis 1958 ein Praktikum am Literatur-Institut »Maxim Gorki« in Moskau absolviert und 1957 in den Sowjetischen Schriftstellerverband aufgenommen wird, das sind vielleicht unentbehrliche Informationen, jedenfalls die einzigen, die ich habe, aber nichts von alldem erklärt, daß irgendwo in Zentralasien ein junger Mann zu Beginn der zweiten Hälfte des 20. Jahrhunderts eine Geschichte geschrieben hat, die, ich schwöre es, die schönste Liebesgeschichte der Welt ist.

Hier, in diesem hochmütigen Paris nämlich, dem Paris von Villon, Victor Hugo, Baudelaire, dem Paris der Könige und Revolutionen, dem jahrhundertealten Paris der Maler, wo jeder Stein von einer Geschichte oder Legende erzählt und wo es so viele berühmte Verliebte gegeben hat, daß es mir, wollte ich sie aufzählen, so ginge wie in dem Lied, *je ne sais lequel prendre,* ich weiß nicht, welchen ich nehmen soll ... in diesem Paris, das alles gesehen, alles gelesen, alles erlebt hat, merke ich plötzlich, daß mir *Werther, Bérénice, Antonius und Cleopatra, Manon Lescaut*, die *Education sentimentale* oder *Dominique* nichts mehr bedeuten, weil ich *Dshamilja* gelesen habe, nichts mehr Romeo und Julia, nichts mehr Paolo und Francesca, nichts mehr Hernani und Doña Sol ..., weil ich Danijar und Dshamilja getroffen habe, im Sommer des dritten Kriegsjahres, in jener Augustnacht 1943, irgendwo im Tal des Kukureu, mit ihren Kornwagen, und das Kind Said, das ihre Geschichte erzählt.

Was wissen wir vom kirgisischen Volk? Was wissen wir von diesem Land, das zwischen China, Tadshikistan und Kasachstan eingeklemmt ist? Wo genau ist die Gegend, die wir mit Dshamilja betreten, an welchem Punkt Zentralasiens? Es ist nicht leicht, auf unseren Karten den Fluß Kukureu zu finden. Ein Brief von Sadyk, dem Mann Dshamiljas, der im Krieg ist, gibt gerade noch einen Hinweis, wenn er in jenem orientalischen Stil an die Seinen schreibt: »Ich schicke diesen Brief mit der Post an meine Verwandten in dem blühenden, duftenden *Aul* Talas«. Aha, es handelt sich also um den Nordosten Kirgisiens (Talaskaja Oblast), um das Gebiet, das an Kasachstan angrenzt, zwischen der Kirgisenkette und der kasachischen Steppe. Ich werde nur den Weg kennenlernen, auf dem Dshamilja, Danijar und Said das Korn zum Bahnhof fahren, das man bei den Truppen so dringend braucht, den Weg vom *Aul* oder Dorf bis zum Bahnhof jenseits der Felsschlucht, aus der der Kukureu herausbricht. Daß Kasachstan an Kirgisien angrenzt, werde ich nur einer Bemerkung über das Lied Danijars entnehmen können: »Es war ein Lied der Berge und

Steppen, bald schwang es sich empor wie die kirgisischen Berge, bald dehnte es sich frei und weit wie die Kasachensteppe.«

Ich werde ahnen, daß die Eisenbahn, die nicht weit von dem Aul am Kukureu vorbeifährt, aber nur auf jenem Bahnhof hält, zu dem die Kornwagen durch die Schlucht fahren, auf einer eingleisigen Strecke verkehrt, weil ich gegen Ende der Geschichte erfahre, daß die Verliebten zur Ausweichstelle gehen, das heißt dahin, wo ein Zug ausweichen kann, um einen entgegenkommenden Zug vorbeizulassen. Und in dieser Steppe und diesen Hohen Bergen oder Schwarzen Bergen gibt es außer den Menschen große Pferdeherden, deren Hengste im Herbst auf der Weide sind, Vieh, das im Sommer in die Berge zieht, Schafe und Ziegen, und was die wilden Tiere angeht, so erfahre ich zufällig bei der Schilderung eines ausbrechenden Sturms: »Langbeinige, dünne Trappen rannten aufgeregt in eine Schlucht.« Ebenso zufällig erfahre ich erst spät, dank dieses Sturmes, woraus die Jurten gemacht sind, in denen die Kirgisen wohnen: »Der Sturm riß die Filzdecke von der Jurte, sie flatterte wie

16

ein angeschossener Vogel...« Ebenso ist es mit den Sitten und der Landschaft. Das Kind Said, das hier spricht, steigt nicht aufs Katheder, um einen ethnologischen Vortrag oder eine politische Vorlesung zu halten. Es ist hier geboren, alles ist ihm natürlich, die Nomadenzeit hat es nicht mehr erlebt, zwei oder drei Jahre vor seiner Geburt muß sie aufgehört haben, aber die Mutter stellt noch jedes Frühjahr die Nomadenjurte im Hof auf, die der Vater als junger Mann gebaut hatte, und räuchert sie mit Wacholder aus. Man lebt unter den Bedingungen der Kolchose, aber ich erfahre nur gerade, daß es einen Kolchosenvorsteher gibt, weil er verbietet, die Pferde auf dem Luzernenacker zu weiden, und einen Brigadeführer Orosmat, der aber viel mehr dadurch charakterisiert wird, daß er ein Bein verloren hat und an einer Krücke geht, als durch seine Beziehungen nach oben, von wo er einen Rüffel bekommt, wenn man den Plan nicht erfüllt.

All das geschieht während des Krieges, des Großen Vaterländischen Krieges, und an der Abwesenheit der Männer, die schwer auf den Frauen und Müttern der Soldaten lastet, ermesse ich die

Realität dieses fernen Krieges. Als die *Dschigiten*, das heißt die Elitereiter, die zugleich ein Schrecken für die Mädchen und die Inkarnation der kirgisischen Ehre sind, aufbrachen mit einem Geklirr von Tausenden von Steigbügeln, riefen die alten Frauen zum Abschied den »Geist unseres Helden Manasa« zu ihrer Hilfe an, dieses Manasa, dessen Legende nicht durch kolorierte Manuskripte auf uns gekommen ist, sondern dessen Heldentaten von Jahrhundert zu Jahrhundert in den Tian-Schan-Bergen durch den Mund der Erzähler überliefert wurden in der großen Trilogie *Manasa*, *Semetei* und *Seitek* – die man erst im vorigen Jahrhundert festzuhalten begonnen hat. Saids Vater verrichtet bei Tagesanbruch, bevor er zu seiner Zimmermannsarbeit geht, nach Mekka gewandt sein vom Koran vorgeschriebenes Morgengebet. Aber das ist alles, was ich von dem religiösen Leben erfahre, das gänzlich vernachlässigt scheint; wir stoßen hier nicht auf Priester, auf Mullahs wie in Kasachstan in der Geschichte von *Abaj* von Muchtar Auesow oder in *Die Henker von Buchara* von Sadriddin Aini. Dennoch leben die Sitten des Klans auch im sowjetischen

Aul, wo die Familienältesten, die *Aksakals,* im Brief des Soldaten, der von der Front schreibt, noch vor der eigenen Frau genannt werden müssen. Niemals ist vom sowjetischen Recht die Rede, sondern man richtet sich nach dem *Adat,* dem Gesetz des Stammes. In den vierziger Jahren unseres Jahrhunderts hielt das *Adat* noch an der Polygamie im *Aul* fest. Ebenfalls am Rande wird zum Beispiel erwähnt, daß es in der Schule eine Wandzeitung gibt, weil Said für sie zeichnet. Dennoch ist hier alles Kampf des Alten mit dem Neuen. Allerdings, und darin liegt die Größe dieser Erzählung, wird uns dieser Kampf hier hauptsächlich als innerer, als seelischer Kampf gezeigt.

Der merkwürdige Reiz von *Dshamilja* beruht darauf, daß alles, was wir von einem unbekannten Land, von Männern und Frauen erfahren, die noch eng mit den patriarchalischen Traditionen der Nomaden verbunden und doch ohne Schwierigkeiten schon in die sowjetische Epoche, in ihre Institutionen eingetreten sind, – daß wir das alles von innen erfahren durch Menschen, für die das alles natürlich ist, keiner Erklärung bedarf, so daß der Erzählfluß jene außerordentliche Leichtigkeit gewinnt, die der modernen, an einer Reportagekrankheit leidenden Literatur, in der alles vorher auf Karteikarten geschrieben zu sein scheint, so sehr fehlt.

Soviel zur Atmosphäre in jenen Gegenden, wo wilder Wermut wächst und »der Wind den milchwarmen Honigduft blühender Maisfelder und den Geruch von Äpfeln und trockenem Kuhmist« miteinander mischt. In diesem Land, von dem man nur mit der Stimme Danijars sprechen kann, der Stimme eines Menschen, »der sich lange Jahre von ganzem Herzen nach seiner Heimat gesehnt und unter dieser Sehnsucht gelitten hatte«.

Dann aber ändert sich alles, nimmt alles seine eigentliche Farbe an. Damit beginnt das Unnachahmliche, das ich nicht wiedergeben kann, weil ich nicht Saids Gabe habe, die Gabe des geborenen Zeichners, der ebenso gut Bilder aus seinen Schulbüchern abmalen kann (sagen die anderen Kinder nicht, es sei ganz genauso wie im Buch) wie Danijar und Dshamilja in der Augustnacht? Ich hätte sie gern sehen wollen, diese Zeichnungen Saids, die er ohne jede Ausbildung gemacht hat mit jenem kindlichen Mut der Unkenntnis, auf denen jedoch die Personen so kenntlich, so ähnlich sind! Ich habe Angst, daß die Schule und die Malakademie sein Talent verderben, ihn jene erzählerische Tugend in der Zeichnung und in den Farben verlieren lassen, die sowohl etwas vom Zöllner Rousseau als vom Epos des Manasa haben mußten, jene Unbefangenheit, die die Maler der erschöpften alten Kulturen des Westens wiederzufinden versuchen wie den Weg zu einem verlorenen Paradies.

Hier erhebt sich das Unschätzbare. Hier breitet der Autor, wie Danijar in der Augustnacht, plötzlich seine Seele vor uns aus und jene »Wahrheit des Lebens«, die in Sheker oder Talas wie in Verona oder Troja Liebe heißt.

Jeder Mensch hat nur ein Leben. Tschingis Aitmatow steht noch am Anfang. Aber er wirkt schon so, als berge er die ungeheure Erfahrung der Menschheit in seinem Herzen und seinen Armen. Denn dieser junge Mann spricht von der Liebe wie kein anderer. O Musset, sei eifersüchtig, mein Freund, auf die Augustnacht in den

kirgisischen Gefilden! Auf diesen Dreißigjähri-
gen, der von sich sagen kann, daß er keineswegs
seine Kraft und sein Leben verloren hat.

Zunächst ist es die Liebe zum Land, zum Leben,
so scheint es wenigstens. Wenn ein Vogel singt
oder sich mit prächtigen Federn schmückt, so
hören wir, die wir vorbeigehen, nur die Musik
und sehen nur die Harmonie der Farben. Es
mußten erst die Gelehrten mit ihren Studien
kommen, damit wir erfuhren, daß dieser Gesang
der Liebesgesang war, daß er sich, wie die Pracht
der Federn, an das verborgene Vogelweibchen
richtete, das zuhört und kommen wird.
Der Bericht von *Dshamilja* wird uns von einem
Kind gegeben, und für das Kind ist die Entdek-
kung dessen, was in der Seele des Paares vorgeht,
das Drama des Paares, das sich noch nicht er-
kannt hat, auch die Entdeckung des Gefühls
überhaupt, die ὀαριστύς des Geistes, alles ist für
dieses Kind neu zu erfinden, und deshalb zeigt es
uns die Liebe wie ein ganz reines Metall, im
Zustand des Entstehens.
Wie nennt Said es auf Anhieb? »Manchmal

schien mir«, sagt er, »als seien wir beide, Dshamilja und ich, von ein und derselben unerklärlichen Unruhe ergriffen.« Denn er erlebt jenes Entstehen mit, und er »wünscht und wünscht zugleich nicht«, daß Dshamilja Danijar liebt, er, der nach dem *Adat* über die Frau seines Bruders, seine *Dshene*, wachen soll. Denn es ist seine ganze Vorstellung von Gut und Böse, die ein Lied in der Augustnacht umstürzt, für immer außer Kraft setzt. Er weiß nicht, daß er Dshamilja liebt, er wird es erst wissen, wenn er sie unwiederbringlich verloren hat, und in seiner Unschuld ist er der Komplice von Danijar und Dshamilja.

Vorerst fragt er sich nach dem Wesen der Liebe, er kann es sich nur durch ein anderes Gefühl in ihm vergegenwärtigen, den Wunsch, für die anderen auszudrücken, was er fühlt, durch Zeichnen, durch Malen. Ist die Liebe nicht eine *Inspiration*, denkt er, wie die Inspiration des Dichters, des Malers? Und die Augustnacht ist für dieses Kind von fünfzehn Jahren zunächst die Offenbarung dessen, was er sein will, das sagt ihm Danijars Lied, Danijars Liebeslied für Dshamilja...

Damit ist genug gesagt oder zu wenig. Das Buch ist da. Eine kurze und zugleich unermeßliche Geschichte. Eine Liebesgeschichte, in der es kein überflüssiges Wort gibt, keinen Satz, der nicht im Herzen widerklingt. Ich weiß nicht, ob der kleine Said ein naiver Maler war, aber den, der aus ihm spricht, kann niemand seine Kunst lehren. Die Kirgisen malten keine mühevollen Miniaturen für Manuskripte, als Rusthaweli im Kaukasus sang oder Armand Daniel im Languedoc. Die Schrift beherrschen sie erst seit kurzem, Bücher haben sie seit nicht einmal dreißig Jahren. Dieses Lied, das uns vom »blühenden, duftenden Talas« herüberklingt, dieses Lied, das ebenso den Herbst wie den August sagt, das Wiehern des Hengstes und der bebenden Erde, dieses Lied, das die Traditionen des *Adat* umstürzt und den Namen der Geliebten zum ersten Wort jedes Briefes macht, vor den Brüdern, dem Vater, der Mutter und den *Aksakals*, dieses kühne Lied, das der Liebe den Vorzug vor der gesetzlichen Ehe gibt, vor der Pflicht der Frau gegenüber ihrem Mann im Krieg, das die Heuchelei des *Aul* angreift, und nicht nur des *Aul* allein, – ich kann mich nicht damit zufriedengeben, daß es dort unten erklingt, in der Steppe des Wermuts, in diesem starken Duft nach Stroh, wo man so gut schläft, wenn man jung ist, daß man natürlich nicht hört, wie Dshamilja und Danijar sich lieben, ich kann mich nicht damit zufriedengeben, daß dieses Lied der kirgisischen Nacht erklingt, ohne etwas dafür zu tun, daß es hier in unserer alten blasierten Welt ein Echo findet, das – von Stürmen und Wolken zu ihm hingetragen – Tschingis Aitmatow verkündet, daß man seine Stimme bis hierher hört und daß sie uns jene Zaubernacht beschert, in der Mann und Frau sich erkennen und das Kind dunkel das Licht ahnt. Mein Gott, wie ist die Welt noch jung und schön! Wie ist noch nichts ausgeschöpft, wie kann alles noch das Herz der Menschen höher schlagen lassen! Es gibt Leute, die sich dafür, daß sie leben, entschuldigen wollen mit einer gelehrten Musik, aus der alle wirkliche Musik verbannt ist, damit das Wesen der Musik um so deutlicher würde. Es gibt Leute, die einen Punkt des Wissens erreichen, wo Wissen nur noch Spiel ist. Es gibt Leute, die sich damit erschöpfen, sich im Spiegel

nicht ähnlich zu sehen... Und dann gibt es am
Ufer des Kukureu zwischen China und Tadshikistan einen Jungen, der vor dreißig Jahren ein
Dschigit wie die anderen geworden wäre und der
seine Augen zu uns wendet und spricht, und man
will nur noch schweigen und ihm zuhören.
Ich danke Gott, an den ich nicht glaube, für diese
Augustnacht, an die ich glaube mit meinem ganzen Glauben an die Liebe.

Paris, 30. März 1959 *Louis Aragon*

Dshamilja

Wieder einmal stehe ich vor dem kleinen Bild mit dem schlichten, schmalen Rahmen. Morgen in aller Frühe muß ich in den Aul (Dorf) fahren, und ich betrachte das Bild lange und aufmerksam, als könnte es mir gute Wünsche auf den Weg mitgeben.

Ich habe dieses Bild noch nie auf eine Ausstellung geschickt, und wenn meine Verwandten aus dem Aul mich besuchen kommen, verstecke ich es sogar. Nicht daß ich mich seiner zu schämen brauchte, aber es ist alles andere denn ein Kunstwerk. Es ist ganz schlicht, so schlicht wie die Landschaft, die ich darauf dargestellt habe.

Im Hintergrund sieht man den Rand des fahlen Herbsthimmels und scheckige, vom Wind gejagte Wolken über einer fernen Bergkette, im Vordergrund Wermutsträucher in der rötlichbraunen Steppe und einen Weg, fast schwarz, noch naß vom Regen, am Wegrain stehen dicht gedrängt Büschel von dürrem, geknicktem Pfriemengras. Der ausgewaschenen Fahrrinne entlang ziehen sich die Spuren zweier Fußgänger hin. Je weiter sich die Spuren entfernen, um so undeutlicher werden sie, und die beiden Wanderer selbst scheinen beim nächsten Schritt hinter dem Rahmen zu verschwinden. Der eine von ihnen... Aber ich will nicht vorauseilen.

Es war in meiner frühen Jugend, im dritten Jahr des Krieges. Unsere Väter und Brüder standen irgendwo bei Kursk und Orel an der Front, und wir, damals noch Buben von fünfzehn, sechzehn Jahren, arbeiteten auf der Kolchose. Die tägliche harte Feldarbeit lastete schwer auf unseren schwachen Schultern. Besonders während der Erntezeit ging es heiß her. Wochenlang kamen wir nicht mehr nach Hause, Tag und Nacht waren wir draußen auf dem Feld, auf dem Dreschplatz oder auf dem Weg zur Bahnstation, wohin wir unser Getreide fuhren.

An einem jener drückend heißen Tage, wenn die Sicheln beim Kornschneiden zu glühen scheinen, kam ich mit meinem leeren Erntewagen von der Bahnstation zurück und beschloß, zu Hause vorbeizufahren.

Neben der Furt, auf dem kleinen, flachen Hügel,

wo die Straße endet, liegen zwei von einer dicken Ziegelmauer umschlossene Gehöfte. Rings um das kleine Gut stehen hohe Pappeln. Das sind unsere Häuser, in denen unsere beiden Familien wohnen. Ich selbst stamme aus dem Großen Haus. Ich habe zwei Brüder. Beide sind älter als ich, beide unverheiratet, beide an der Front. Wir haben schon ziemlich lange keine Nachricht mehr von ihnen.

Mein Vater ist Zimmermann. Bei Tagesanbruch verrichtet er das vorgeschriebene Morgengebet, dann geht er auf den Zimmerplatz in unserem Hof und kommt erst spätabends von der Arbeit zurück. Im Haus bleiben nur meine Mutter und meine kleine Schwester.

Im Nachbargehöft oder im Kleinen Haus, wie es im Aul genannt wird, wohnen unsere nächsten Verwandten. Unsere Urgroßväter oder unsere Großväter sind zwar keine leiblichen Brüder gewesen, aber ich nenne sie deshalb unsere nächsten Verwandten, weil wir wie eine einzige Familie lebten. So war es schon, bevor wir seßhaft wurden, als unsere Großväter noch gemeinsam ihre Jurten aufschlugen und gemeinsam ihr Vieh hüteten. Diese Tradition haben wir bewahrt: als die Kollektivierung kam, siedelten sich unsere Väter nebeneinander an, und nicht nur unsere beiden Familien, sondern alle Bewohner der Aralstraße, die sich am Aul entlang bis zu einem Streifen Land zwischen zwei Flüssen hinzieht, sind Stammesgenossen. Alle sind aus ein und demselben Geschlecht hervorgegangen.

Bald nach der Kollektivierung starb das Familienoberhaupt des Kleinen Hauses und ließ eine Frau und zwei kleine Söhne zurück. Nach unseren Gesetzen, die damals im Aul noch streng beachtet wurden, durfte man eine Witwe mit zwei Söhnen nicht in die Fremde gehen lassen, und deshalb verheirateten unsere Stammesgenossen meinen Vater mit ihr. Mein Vater mußte sie zur Frau nehmen, das war seine Pflicht vor den Geistern seiner Ahnen, denn er war der nächste Verwandte des Verstorbenen.

So bekamen wir eine zweite Familie. Das Kleine Haus galt als selbständiges Gehöft mit eigenem Land und eigenem Vieh, aber in Wirklichkeit lebten unsere beiden Familien zusammen.

Das Kleine Haus hatte auch zwei Söhne an der

Front. Sadyk, der älteste, war kurz nach seiner Verheiratung eingezogen worden. Von ihm und seinem Bruder bekamen wir Briefe, wenn auch in großen Abständen.

Im Kleinen Haus wohnte Sadyks Frau mit ihrer Schwiegermutter, die ich ›Kitschi-apa‹ – jüngere Mutter – nannte. Beide arbeiteten von früh bis spät auf der Kolchose. Die jüngere Mutter, eine tüchtige und sanfte Frau ohne jede Bosheit, blieb bei der Arbeit nicht hinter den jungen Leuten zurück, weder beim Graben von Bewässerungskanälen noch beim Bewässern der Maisfelder. Wie zur Belohnung für ihren Fleiß hatte ihr das Schicksal eine arbeitsame Schwiegertochter gegeben. Dshamilja stand ihrer Schwiegermutter in nichts nach, sie war unermüdlich und flink, aber von anderer Wesensart.

Ich liebte Dshamilja glühend, und sie liebte mich auch. Wir waren die besten Freunde, aber einander mit Vornamen anzureden, wagten wir nicht. Wären wir aus verschiedenen Familien gewesen, so hätte ich sie natürlich Dshamilja genannt. So aber nannte ich sie ›Dshene‹ – das bedeutet: ›Frau des älteren Bruders‹, und sie sagte ›Kitschine

bala‹, kleiner Junge, zu mir, obwohl ich gar nicht
mehr klein und nur ein paar Jahre jünger war als
sie. So ist es nun einmal Brauch in den Auls: eine
junge Frau nennt den jüngeren Bruder ihres
Mannes ›Kitschine bala‹ oder ›Kajni‹.

Meine Mutter besorgte den Haushalt beider
Höfe, und meine kleine Schwester, ein munteres
Mädchen mit bunten Bändern in den kurzen
Zöpfen, ging ihr dabei zur Hand. Ich werde nie
vergessen, wie fleißig sie in dieser schweren Zeit
arbeitete. Sie war es, die draußen vor dem Gemü-
segarten die Lämmer und Kälber beider Höfe
hütete, die Kuhmist und Reisig sammelte, damit
wir immer das Haus heizen konnten. Und sie,
meine kleine Schwester, war es auch, die meine
Mutter in ihrer Einsamkeit tröstete und von ihren traurigen Gedanken an die verschollenen
Söhne ablenkte.

In unserem Haus herrschte Eintracht und Wohl-
stand, und das hatte unsere große Familie allein
meiner Mutter zu verdanken. Sie war die unum-
schränkte Herrin beider Höfe und die Hüterin
des häuslichen Herdes. Als blutjunges Mädchen
war sie in die Familie unserer nomadischen

Großväter gekommen, deren Andenken sie später in hohen Ehren hielt, indem sie unsere beiden Familien streng und gerecht regierte. Im Aul hielt man große Stücke auf sie, denn sie galt als die gewissenhafteste und erfahrenste Hausfrau des ganzen Dorfes. Meinen Vater hingegen erkannten die Dorfbewohner nicht als Familienoberhaupt an. Mehr als einmal hörte ich die Leute bei irgendeinem Anlaß sagen: »Geh lieber nicht zum Ustak«, – so werden bei uns die Handwerksmeister genannt – »der versteht nur mit der Axt umzugehen. Die ältere Mutter führt das Wort in der Familie, geh zu der, das ist besser...«

Im übrigen mischte auch ich mich damals trotz meiner Jugend schon oft in die wirtschaftlichen Angelegenheiten des Hauses ein. Das war nur möglich, weil meine Brüder an der Front standen. Und die Leute aus dem Aul sagten – meist im Scherz, aber manchmal auch im Ernst –, ich sei ein echter Dschigit, ein ganzer Kerl, und der Beschützer und Ernährer unserer beiden Familien. Ich war sehr stolz darauf und fühlte mich für unsere Höfe verantwortlich. Außerdem ermunterte mich meine Mutter zur Selbständigkeit, denn sie wollte, daß ich einmal ein umsichtiger, kluger Hausvater würde, anders als mein schwerfälliger Vater, der den ganzen Tag schweigend hobelte und sägte.

Ich hielt also mit meinem Wagen im Schatten eines Weidenbaums neben unserem Haus und lockerte die Stränge. Als ich auf das Hoftor zuging, sah ich unseren Brigadeführer Orosmat in unserem Hof. Er war zu Pferd und hatte wie immer seine Krücke am Sattel festgebunden. Meine Mutter stand neben ihm, und offenbar stritten sie über irgend etwas. Im Näherkommen hörte ich die Stimme meiner Mutter:

»Nein, das dulde ich nicht! Hast du denn alle Furcht vor Gott verloren? Hat man je erlebt, daß eine Frau Kornsäcke fährt? Nein, mein Lieber, laß meine Schwiegertochter in Ruhe, die soll die Arbeit machen, die sie immer gemacht hat. Ich weiß auch so schon nicht mehr, wo mir der Kopf steht. Zwei Höfe muß ich versorgen! Ein Glück, daß meine Tochter nicht mehr so klein ist und mir ein bißchen helfen kann... Seit einer Woche kann ich mich nicht mehr bücken, das Kreuz tut mir so weh, als hätte ich Filz gewalkt, und auf dem Feld verdorrt der Mais, er muß bewässert werden!« sagte sie aufgebracht und steckte den Zipfel ihres Turbans in den Ausschnitt ihres Kleides. Das tat sie immer, wenn sie zornig war.

»Ach, was seid ihr für Leute!« sagte Orosmat verzweifelt und rutschte ungeduldig im Sattel hin und her. »Wenn ich mein Bein noch hätte und nicht diesen Stumpf, dann würde ich die Kornsäcke selber auf den Wagen laden und zur Station fahren! Das ist keine Arbeit für Frauen, das weiß ich auch, aber wo sollen wir die Männer denn hernehmen? Deshalb müssen die Soldatenfrauen mithelfen. Und Sie verbieten Ihrer Schwiegertochter, Korn zu fahren, und wir bekommen dann einen Rüffel von oben... Die Soldaten brauchen Brot, und wir erfüllen den Plan nicht. Das geht doch nicht!«

Die Peitsche auf der Erde nachschleifend, ging ich auf Orosmat zu. Als er mich bemerkte, hellte sich sein Gesicht auf – offenbar war ihm ein guter Gedanke gekommen.

»Na, wenn Sie solche Angst um Ihre Schwiegertochter haben, dann kann ja ihr Kajni mit ihr zusammenarbeiten«, sagte er und zeigte auf mich. »Der wird schon dafür sorgen, daß ihr niemand zu nahe kommt, darauf können Sie sich verlassen! Said ist so ein tüchtiger Junge. Ja, diese Kinder sind wirklich unsere Ernährer, wenn wir die nicht hätten . . .«

Meine Mutter ließ Orosmat nicht zu Ende reden. »Wie siehst du denn aus!« jammerte sie. »Wie ein Landstreicher! Und deine Haare sind ganz struppig und lang . . . Unser Vater ist mir der Rechte, er hat nicht einmal Zeit, seinem Sohn den Kopf zu rasieren . . .«

Orosmat ging geschickt auf den Ton meiner Mutter ein. »Na gut«, sagte er, »soll der Junge sich heute von den Alten verwöhnen lassen. Bleib heut zu Hause, Said, und füttere deine Pferde gut. Morgen früh geben wir Dshamilja ein Fuhrwerk, und ihr arbeitet dann zusammen. Und paß gut auf sie auf, du hast die Verantwortung. Sie brauchen sich wirklich keine Gedanken zu machen, Großmutter, Said wird nicht zulassen, daß ihr irgend jemand ein Haar krümmt. Wenn es sein muß, kann ich ihnen auch noch Danijar mitgeben. Sie kennen ihn doch, er ist ein ordentlicher, stiller Bursche, wissen Sie, der, der kürzlich von der Front zurückgekommen ist. Sie können dann zu dritt Korn zur Bahnstation fahren. Dann wird sich keiner unterstehen, Ihre Schwiegertochter anzurühren. Habe ich recht, Said? Was meinst du dazu – wir möchten, daß Dshamilja Korn fährt, aber deine Mutter will nichts davon wissen. Rede ihr doch ein bißchen zu.«

Ich fühlte mich sehr geschmeichelt, daß Orosmat mich wie einen Erwachsenen um Rat fragte. Außerdem malte ich mir sofort aus, wie schön es wäre, mit Dshamilja zur Bahnstation zu fahren. Ich setzte eine ernste Miene auf und sagte zu meiner Mutter: »Was soll ihr denn passieren? Die Wölfe werden sie ja wohl nicht fressen.«

Und ich spuckte so geschickt wie ein alter Fuhrmann durch die Zähne, und die Peitsche nachschleifend und mich würdevoll in den Schultern wiegend, ging ich zum Haus.

»Sieh mal an!« sagte meine Mutter erstaunt und fast erfreut, aber im nächsten Augenblick rief sie mir zornig nach:

»Ich werde dir die Wölfe schon zeigen! Woher willst du denn das alles wissen, du Grünschnabel!«

Orosmat nahm mich in Schutz.

»Wer soll es denn wissen, wenn nicht er?« fragte er. »Er ist doch der Dschigit von zwei Familien. Auf den können Sie stolz sein!« Und er sah meine Mutter ängstlich von der Seite an, weil er fürchtete, daß sie nun doch auf ihrem Kopf bestehen werde.

Aber meine Mutter erwiderte nichts, sie ließ plötzlich den Kopf hängen und sagte seufzend: »Ach, was für ein Dschigit ist er denn? Er ist ja noch ein Kind, auch wenn er Tag und Nacht arbeitet... Unsere schönen jungen Dschigiten! Gott weiß, wo sie sind... Unsere Höfe sind leer geworden, so leer wie ein verlassener Lagerplatz...«

Ich war inzwischen schon weit weg und konnte nicht verstehen, was meine Mutter noch sagte. Im Vorbeigehen schlug ich mit der Peitsche gegen die Hausecke, daß der Verputz nur so staubte. Im Hof saß meine kleine Schwester und formte Briketts aus getrocknetem Kuhmist. Ohne ihr Lächeln zu erwidern, ging ich an ihr vorbei in den Schuppen, hockte mich auf die Fersen und wusch mir gemächlich die Hände.

Dann ging ich ins Haus, trank eine Tasse Sauer-
milch, trug die zweite zum Fensterbrett und
brockte Brot hinein.

Die Mutter und Orosmat waren immer noch
im Hof. Nur stritten sie sich jetzt nicht mehr,
sondern unterhielten sich ruhig und leise. Sie
sprachen gewiß von meinen Brüdern. Meine
Mutter fuhr sich immer wieder mit dem Ärmel
über die verweinten Augen, nickte als Antwort
auf Orosmats Worte, der sie wohl zu trösten
versuchte, nachdenklich mit dem Kopf und
schaute mit trübem Blick über die Bäume hin-
weg in die Ferne, als hoffe sie, dort ihre Söhne
zu erblicken.

Jetzt, nachdem meine Mutter Orosmat ihr Leid
geklagt hatte, war sie anscheinend mit seinem
Vorschlag einverstanden. Zufrieden, daß er er-
reicht hatte, was er wollte, zog er seinem Pferd
eins mit der Peitsche über und ritt in schnellem
Paßgang zum Hof hinaus.

Weder meine Mutter noch ich ahnten damals,
womit das alles enden würde.

Ich zweifelte nicht im geringsten daran, daß
Dshamilja mit einer zweispännigen Britschka zu-

rechtkommen würde. Sie konnte mit Pferden umgehen, denn sie war die Tochter eines Pferdehirten aus dem Aul Bakair hoch droben in den Bergen. Auch unser Sadyk war Pferdehirt. Angeblich hatte er in einem Frühjahr beim Wettrennen Dshamilja nicht einholen können. Wer weiß, ob das wahr ist, aber die Leute erzählten, Sadyk sei tief gekränkt gewesen und habe dann Dshamilja entführt. Andere behaupteten, die beiden hätten aus Liebe geheiratet. Wie es auch gewesen sein mochte, jedenfalls hatten sie nicht länger als vier Monate zusammengelebt. Dann war der Krieg ausgebrochen, und Sadyk war zur Armee einberufen worden.

Ich weiß nicht, woher es kam – vielleicht daher, daß Dshamilja von klein auf mit ihrem Vater die Pferde hütete –, sie war sein einziges Kind und war ihm Tochter und Sohn zugleich: aber sie hatte gewisse männliche Charakterzüge, etwas Schroffes, manchmal sogar Grobes. Und bei der Arbeit konnte sie zupacken wie ein Mann. Mit den Nachbarinnen vertrug sie sich gut, aber wenn jemand Streit mit ihr anfing, war sie um Schimpfworte nicht verlegen, und es kam auch vor, daß sie jemanden tüchtig an den Haaren zauste.

Die Nachbarn kamen mehr als einmal sich beklagen.

»Was habt ihr denn für eine Schwiegertochter?« sagten sie, »wie die ihre Zunge spazierengehen läßt! Dabei ist sie doch gerade erst in euer Haus gekommen. Die kennt weder Respekt noch Scham!«

»Ein Glück, daß sie so ist!« antwortete meine Mutter darauf. »Unsere Schwiegertochter sagt den Leuten die Wahrheit ins Gesicht. Das ist besser, als mit seiner Meinung hinter dem Berg zu halten und dann heimlich zu sticheln. Eure Schwiegertöchter tun nur sanft und still, in Wirklichkeit sind sie wie faule Eier: von außen sauber und glatt, aber innen so, daß man sich die Nase zuhalten muß.«

Mein Vater und die jüngere Mutter nörgelten nie an Dshamilja herum und behandelten sie nicht so streng, wie es Schwiegereltern zusteht. Sie waren gut zu ihr, sie liebten sie und hatten nur den einen Wunsch, daß sie Gott und ihrem Mann treu bleibe.

Ich konnte sie gut verstehen. Nachdem ihre vier Söhne zur Armee gegangen waren, fanden sie Trost in Dshamilja, der einzigen Schwiegertochter der beiden Höfe, und deshalb war sie ihnen so teuer. Aber meine Mutter verstand ich nicht. Sie war nicht der Mensch, irgend jemand ohne weiteres zu lieben. Meine Mutter hatte einen herrischen, strengen Charakter und lebte nach ihren eigenen Regeln, von denen sie niemals abwich. So stellte sie zum Beispiel jedes Frühjahr die Nomadenjurte, die unser Vater als junger Mann gebaut hatte, im Hof auf und räucherte sie mit Wacholder aus; sie erzog uns zu strenger Ordnung und Arbeitsliebe und zur Ehrfurcht vor den alten Leuten. Und sie verlangte von allen Familienmitgliedern unbedingten Gehorsam.

Da kam Dshamilja in unser Haus, und vom ersten Tag an zeigte sich, daß sie anders war, als man sich bei uns eine Schwiegertochter vorstellte. Sie achtete zwar ihre Schwiegereltern und gehorchte ihnen, doch senkte sie nie den Kopf vor ihnen. Dafür flüsterte sie aber auch niemals giftige Bemerkungen hinter ihnen her, wie es die anderen jungen Frauen taten. Sie sagte immer, was sie dachte, und scheute sich nicht, ihre Meinung offen auszusprechen. Meine Mutter gab ihr oft recht, da sie derselben Ansicht war, behielt sich jedoch immer das letzte Wort vor.

Ich glaube, daß meine Mutter in Dshamilja, in ihrer Aufrichtigkeit und Gerechtigkeit, einen ihr wesensverwandten Menschen sah und im stillen davon träumte, ihre Schwiegertochter zu einer ebenso einflußreichen Frau, Großmutter und Hüterin des häuslichen Herdes zu machen, wie sie selber war.

»Du kannst Allah dafür danken, meine Tochter«, sagte meine Mutter oft zu Dshamilja, »daß du in ein gutes, gesegnetes Haus gekommen bist. Das ist dein Glück. Das Glück einer Frau ist, Kinder zu gebären und das Gut der Familie zu mehren. Wenn wir alten Leute einmal sterben, bekommst du Gott sei Dank alles, was wir uns erarbeitet haben, ins Grab können wir ja nichts mitnehmen. Aber das Glück bleibt nur bei dem, der seine Ehre und sein Gewissen rein hält. Vergiß das nie.«

Aber eines störte die Schwiegereltern an Dshamilja: sie war zu ausgelassen, wie ein kleines

Kind. Manchmal fing sie ohne jeden Grund zu lachen an, und dazu noch ganz laut und übermütig. Und wenn sie von der Arbeit heimkam, ging sie nicht, sie flog nur so; mit einem Satz sprang sie über den Graben, kam in den Hof gerannt, und ehe man sichs versah, umarmte und küßte sie bald die eine, bald die andere Schwiegermutter. Außerdem sang Dshamilja sehr gern. Fast immer summte sie irgendein Lied vor sich hin, ohne Scheu vor den alten Leuten. Das alles paßte gewiß nicht zu den überkommenen Vorstellungen, die man im Aul vom Benehmen einer jungen Frau hatte, aber die beiden Schwiegermütter beruhigten sich damit, daß Dshamilja im Laufe der Zeit gesetzter würde: in der Jugend waren ja alle Frauen so. Für mich aber gab es auf der ganzen Welt keinen besseren Menschen als Dshamilja. Wir waren die besten Freunde, und wie oft geschah es, daß wir ohne den geringsten Anlaß lachten und im Hof einander jagten.

Dshamilja war schlank und groß, sie hatte glattes, starkes Haar, das in zwei straffe schwere Zöpfe geflochten war. Ihr weißes Kopftuch trug sie immer ein wenig schräg in die Stirn gezogen, und

das stand ihr gut zu der bräunlichen Haut ihres hübschen Gesichts. Wenn sie lachte, blitzten ihre tiefschwarzen, mandelförmigen Augen in jugendlichem Übermut, und wenn sie eines der frechen kleinen Lieder anstimmte, die man bei uns im Aul singt, schimmerte ein ganz unmädchenhafter Glanz in ihrem Blick.

Ich beobachtete oft, daß die Dschigiten, besonders die ehemaligen Frontsoldaten, sich in meine Schwägerin vergafften. Dshamilja trieb dann gern ihren Scherz mit ihnen, klopfte aber jedem auf die Finger, der sich vergaß. Trotzdem ärgerte ich mich immer darüber. Ich war eifersüchtig, wie Brüder auf ihre älteren Schwestern eifersüchtig sind, und wenn ich Dshamilja mit jungen Männern sah, versuchte ich mit allen Mitteln, ihnen den Spaß zu verderben. Ich plusterte mich auf und warf ihnen böse Blicke zu, als wollte ich ihnen sagen: ›Lacht lieber nicht so laut! Sie ist die Frau meines Bruders. Glaubt ja nicht, daß keiner da ist, der sie beschützt!‹

Oder ich mischte mich besonders vorlaut ins Gespräch und gab mir alle Mühe, ihre Anbeter lächerlich zu machen. Wenn es mir nicht gelang,

dann geriet ich ganz außer mir, zog ein finsteres
Gesicht und schnaubte wie ein wütender Ochse.
Die jungen Männer schüttelten sich vor Lachen:
»Seht ihn nur mal an! Was der für Gesichter
schneidet! Sie ist wohl seine Dshene. Das haben
wir ja gar nicht gewußt!«

Ich nahm mich zusammen, fühlte aber, wie
meine Ohren verräterisch zu glühen begannen
und wie mir vor Scham und Wut die Tränen in
die Augen traten. Dshamilja, meine Dshene, verstand mich. Sie verbiß sich das Lachen und
machte ein ernstes Gesicht.

»Ihr habt wohl gedacht, daß sich die jungen
Frauen auf der Straße herumtreiben«, sagte sie zu
den Dschigiten. »Bei euch zu Hause treiben sie
sich vielleicht herum, bei uns nicht! Komm, mein
Kajni, wir gehen!« Und Dshamilja warf stolz den
Kopf in den Nacken und ging mit mir zusammen
weg. Sie wiegte sich herausfordernd in den Schultern und lächelte schweigend vor sich hin.

In ihrem Lächeln war Ärger und Freude. Vielleicht dachte sie: ›Ach, du dummer kleiner Junge!
Wenn ich nur wirklich wollte – niemand könnte
mich zurückhalten! Und wenn die ganze Familie

auf mich aufpaßte!‹ In solchen Augenblicken schwieg ich schuldbewußt. Ja, ich war eifersüchtig, ich vergötterte Dshamilja, ich war stolz darauf, daß sie meine Dshene war, ich war stolz auf ihre Schönheit und auf ihren unabhängigen, freien Charakter. Wir waren vertraute Freunde und hatten keinerlei Geheimnisse voreinander.

Zu dieser Zeit gab es wenig Männer im Aul. Manche junge Burschen nutzten das aus und behandelten die Frauen unverschämt, geradezu verächtlich. ›Wozu lange Umstände mit den Weibern machen?‹ dachten sie. ›Man braucht nur mit dem kleinen Finger zu winken, und schon laufen sie einem nach.‹

Osmon, ein entfernter Verwandter von uns, gehörte auch zu denen, die glaubten, keine Frau könne ihnen widerstehen. Während der Heuernte begann er Dshamilja zu belästigen, und eines Tages wurde er zudringlich. Sie stieß seine Hand zurück und stand hinter dem Heuhaufen auf, in dessen Schatten sie sich ausgeruht hatte. »Laß mich!« sagte sie traurig und wandte sich ab. »Nun ja, was soll man von euch anderes erwarten, ihr Herdenhengste!«

Osmon rekelte sich neben dem Heuhaufen auf der Erde und verzog verächtlich die feuchten Lippen.

»Für die Katze stinkt das Fleisch, das zu hoch hängt...«, sagte er. »Stell dich nicht so an, du willst es ja doch selber für dein Leben gern, und wenn du noch so hochnäsig tust.«

Dshamilja fuhr herum.

»Vielleicht möchte ich es auch! Aber es ist nun einmal unser Schicksal, daß unsere Männer an der Front sind. Und da machst du dich auch noch über uns lustig, du Dummkopf! Wenn ich hundert Jahre allein wäre – solche wie dich mag ich nicht einmal anspucken, du Ekel! Wenn kein Krieg wäre, dann würde überhaupt kein Mensch mit dir reden!«

»Ja, ja, es ist Krieg – und du bist nur deshalb so frech, weil du schon lange nicht mehr die Peitsche deines Mannes gespürt hast!« sagte Osmon grinsend. »Wenn du mein Weib wärst, ich würde dir schon die Flötentöne beibringen!«

Dshamilja wollte sich auf ihn stürzen, ihm etwas entgegnen, aber sie schwieg: es lohnte sich nicht, mit ihm anzubinden. Sie sah ihn lange mit einem haßerfüllten Blick an, dann spie sie verächtlich aus, nahm ihre Heugabel und ging.

Ich stand hinter dem Heuschober auf dem Wagen. Als Dshamilja mich entdeckte, wandte sie sich schroff ab. Sie merkte, wie mir zumute war. Ich hatte das Gefühl, als sei nicht sie, sondern ich beschimpft und beleidigt worden, und voll Bitterkeit sagte ich zu ihr:

»Warum läßt du dich mit solchen Kerlen ein? Warum redest du überhaupt mit ihnen?«

Dshamilja runzelte die Stirn und gab keine Antwort. Bis zum Abend sprach sie kein einziges Wort mit mir und lachte auch nicht wie sonst. Um zu verhindern, daß ich noch einmal auf die widerwärtige Beleidigung zu sprechen käme, die Osmon ihr zugefügt hatte, stieß sie ihre Gabel schwungvoll ins Heu, als ich mit dem Erntewagen gefahren kam, hob einen ganzen Heuhaufen auf einmal hoch, verbarg das Gesicht dahinter und trug ihre Last rasch zum Wagen. Mit einem Ruck warf sie das Heu hinein und lief sofort zum nächsten Heuhaufen. Der Wagen war bald beladen. Im Wegfahren schaute ich zurück. Dshamilja stand mit gesenktem Kopf da, die Hände auf den Stiel der Heugabel gestützt, wie in Gedanken verloren. Dann richtete sie sich auf und arbeitete weiter.

Nachdem wir die letzte Fuhre Heu geladen hatten, blickte Dshamilja lange ins Abendrot, als hätte sie alles auf der Welt vergessen. Jenseits des Flusses, irgendwo am Rand der Kasachensteppe, glühte die müde Junisonne wie die runde Öffnung eines Backofens und versank langsam, die dünnen Federwölkchen am Himmel in zartes Rot tauchend, am Horizont. Ein letzter Widerschein des Abendlichts fiel auf die violette Steppe, während schon das blaue Dunkel der frühen Nacht über den Senken lag. Dshamilja betrachtete den Sonnenuntergang mit stillem Entzücken, als sähe sie eine wunderbare Erscheinung. Tiefe Zärtlichkeit lag in ihrem Gesicht, ihre halbgeöffneten Lippen lächelten kindlich und sanft.

Plötzlich wandte sie sich um, und wie zur Antwort auf die stummen Vorwürfe, die mir noch auf der Zunge lagen und über die Lippen wollten, sagte sie, als setzten wir ein unterbrochenes Gespräch fort:

»Denk nicht mehr an ihn, Kitschine bala, laß ihn doch! Ist das vielleicht ein Mensch?«

Dshamilja verstummte. Auf die erlöschende Sonne blickend, seufzte sie und fuhr nachdenklich fort:

»Woher sollten denn solche Burschen wie Osmon wissen, was in der Seele eines Weibes vor sich geht? Niemand weiß es... Vielleicht gibt es auf der ganzen Welt keinen Mann, der es weiß...«

Ich hatte die Pferde noch nicht gewendet, da war Dshamilja schon zu den Frauen gelaufen, die nicht weit von uns arbeiteten. Ihre lauten, fröhlichen Stimmen klangen zu mir herüber. Es war schwer zu sagen, was mit Dshamilja geschehen war – vielleicht war ihr leichter ums Herz geworden, als sie ins Abendrot geschaut hatte, vielleicht war sie einfach froh, weil sie heute viel gearbeitet hatte. Ich saß hoch oben auf meiner Heufuhre und beobachtete Dshamilja. Sie riß sich das weiße Tuch vom Kopf und lief mit ausgebreiteten Armen über die frisch gemähte, dämmrige Wiese einer Freundin entgegen. Ihr Kleid flatterte im Wind. Und mit einemmal war auch meine Traurigkeit verschwunden. ›Es lohnt sich wirklich nicht, daß man sich wegen Osmons Geschwätz Gedanken macht‹, ging es mir durch den Kopf.

»Hü, vorwärts!« rief ich und trieb die Pferde mit der Peitsche an.

An diesem Tag blieb ich zu Hause, wie Orosmat mich geheißen hatte. Während ich auf meinen Vater wartete, der mir den Kopf rasieren sollte, beantwortete ich einen Brief von Sadyk. Auch in diesem Punkt hatten wir ganz bestimmte Regeln: Meine Brüder schickten die Briefe an die Adresse meines Vaters, der Dorfbriefträger händigte sie meiner Mutter aus, und die Briefe zu lesen und zu beantworten war meine Pflicht. Noch ehe ich zu lesen anfing, wußte ich schon, was Sadyk schrieb, denn seine Briefe waren einander so ähnlich wie die Lämmer in unserer Herde. Er begann stets mit den Worten: ›Es geht mir gut‹ und fuhr dann fort: ›Ich schicke diesen Brief mit der Post an meine Verwandten in dem blühenden, duftenden Aul Talas, an meinen über alles geliebten, teuren Vater Dsholtschubaj...‹ Dann erwähnte er meine Mutter, darauf seine Mutter und alle anderen Familienmitglieder in strenger Rangordnung, dann kamen die unerläßlichen Fragen nach der Gesundheit und dem Wohlergehen der Ältesten unseres Geschlechts, der nächsten Verwandten, und erst ganz am Schluß kritzelte er hastig hin: ›Ich schicke auch meiner Frau Dshamilja einen Gruß.‹

Wenn Vater und Mutter noch leben, wenn die Ältesten des Auls und die nächsten Verwandten gesund und wohlauf sind, dann wäre es natürlich unpassend, ja sogar ungehörig, die Frau an erster Stelle zu nennen oder gar einen Brief an ihre Adresse zu schicken. So dachte nicht nur Sadyk, sondern jeder Mann, der etwas auf sich hielt. Das war im Aul nun einmal Sitte, außerdem wäre es uns nie eingefallen, uns irgendwelche Gedanken darüber zu machen, denn jeder Brief war ja ein sehnlich erwartetes, freudiges Ereignis für uns.

Meine Mutter ließ sich jeden Brief meiner Brüder ein paarmal von mir vorlesen; dann nahm sie ihn andächtig entgegen und hielt ihn ungeschickt in ihren rauhen, rissigen Händen, wie einen Vogel, der im nächsten Augenblick davonflattern wollte. Dann faltete sie mühsam mit ihren steifen Fingern das Blatt zu einem Dreieck zusammen und sagte mit tränenerstickter Stimme:

»A-a-ach, ihr lieben Kinder! Wie einen Talisman werden wir eure Briefe bewahren! Er erkundigt sich, wie es Vater und Mutter und der Verwandtschaft geht... Was soll uns denn fehlen? Wir sind ja daheim in unserem Aul. Aber wie mag es euch gehen? Ihr braucht uns nur ein paar Worte zu schreiben – ich lebe noch, es geht mir gut. Dann sind wir schon zufrieden, mehr wollen wir ja gar nicht...«

Die Mutter betrachtete das Dreieck noch eine ganze Weile, bevor sie es in ein ledernes Säckchen steckte, in dem sie alle Briefe aufbewahrte, und es in der Truhe einschloß.

Wenn Dshamilja gerade zu Hause war, durfte auch sie den Brief lesen. Ich beobachtete, daß sie jedesmal über und über rot wurde, wenn sie eines der weißen Dreiecke in die Hand nahm. Sie las halblaut und überflog hastig die Zeilen. Aber je näher sie zum Schluß des Briefes kam, desto mehr ließ sie die Schultern hängen. Das Feuer auf ihren Wangen erlosch, sie zog ihre geraden Au-

genbrauen zusammen, und ohne den Brief zu
Ende zu lesen, reichte sie ihn meiner Mutter so
kalt und gleichgültig, als gebe sie ihr etwas Ge-
borgtes zurück.

Meine Mutter legte die Stimmung ihrer Schwiegertochter offenbar auf ihre Weise aus und versuchte sie aufzumuntern.

»Was hast du denn?« sagte sie, während sie die
Truhe verschloß. »Statt dich zu freuen, läßt du
den Kopf hängen! Bist du denn die einzige Frau,
die ihren Mann an der Front hat? Du stehst ja
nicht allein da mit deinem Kummer – das ganze
Volk leidet. Oder glaubst du vielleicht, daß die
anderen sich nicht nach ihren Männern sehnen
und sich keine Sorgen um sie machen? Ich sage ja
nichts dagegen, daß du dich grämst, aber laß dir
nichts anmerken, verbirg deinen Kummer.«

Dshamilja schwieg, aber ihr trauriger Blick
schien zu sagen: ›Ach, Mutter! Das verstehst du
nicht!‹

Sadyks Brief kam auch diesmal aus Saratow, wo
er im Lazarett lag. Er schrieb, so Gott wolle,
werde er im Herbst entlassen und komme nach
Hause. Das hatte er schon früher geschrieben,

und wir freuten uns darauf, ihn bald wiederzusehen.

An diesem Tag blieb ich nicht über Nacht zu Hause, sondern fuhr auf den Dreschplatz. Dort übernachtete ich gewöhnlich. Ich führte meine Pferde auf einen Luzernenacker und koppelte sie. Der Kolchosvorsteher hatte uns zwar verboten, das Vieh auf diesem Acker zu weiden, aber ich kehrte mich nicht daran, weil ich meine Pferde so gut wie möglich füttern wollte. Ich wußte eine verborgene Stelle in einer Bodensenke, wo mich in der Nacht niemand entdecken konnte. Aber als ich dieses Mal die Pferde ausspannte und sie zu dem Feld führte, stellte sich heraus, daß schon jemand anders zwei Gespanne dort weiden ließ. Ich war empört, und als Besitzer eines zweispännigen Wagens hatte ich auch ein Recht dazu, empört zu sein! Ohne lange zu überlegen, wollte ich die fremden Pferde wegjagen, um dem unverschämten Menschen, der in mein Gebiet eingedrungen war, eine Lehre zu erteilen. Doch da erkannte ich die Pferde Danijars, des jungen Burschen, von dem Orosmat gesprochen hatte. Mir fiel wieder ein, daß ich von morgen an zusammen mit Danijar Getreide zur Bahnstation fahren mußte, also ließ ich seine Pferde in Ruhe und ging zur Dreschtenne zurück.

Dort traf ich Danijar. Er hatte gerade die Räder seines Wagens geschmiert und schraubte nun die Muttern an den Achsen fest.

»Danika, sind das deine Pferde dort im Tal?« fragte ich ihn.

Danijar wandte langsam den Kopf.

»Zwei davon sind meine.«

»Und das andere Gespann?«

»Das gehört diesem Mädchen ... ich weiß nicht, wie sie heißt, ich glaube, Dshamilja. Ist sie eine Verwandte von dir? Vielleicht deine Dshene?«

»Ja, sie ist meine Dshene.«

»Orosmat hat selber die Pferde dorthin gebracht, und ich soll auf sie aufpassen ...«

Ein Glück, daß ich sie nicht weggejagt hatte!

Die Nacht kam. Der Abendwind, der von den Bergen wehte, legte sich, auf der Dreschtenne war es ganz still. Danijar hatte sich neben mich auf ein Bund Stroh gelegt, aber nach einer Weile stand er auf und ging zum Fluß. Nicht weit von mir entfernt blieb er an dem steilen Ufer stehen, die Hände auf dem Rücken, den Kopf leicht auf die Seite geneigt. Er drehte mir den Rücken zu. Seine lange, eckige Gestalt, die wie mit dem Beil behauen wirkte, zeichnete sich scharf im weichen Mondlicht ab. Er schien gespannt auf das Rauschen des Flusses zu lauschen, das in der Nacht an den Sandbänken immer besonders deutlich zu hören ist. Vielleicht horchte er auch auf irgendwelche nächtlichen Laute und Geräusche, die mir nicht vernehmlich waren. ›Was für ein Einfall! Jetzt übernachtete er schon wieder am Fluß! Ein komischer Kauz!‹ dachte ich und lächelte.

Danijar war erst vor kurzem in unserem Aul aufgetaucht. Während der Heuernte kam eines Tages ein kleiner Junge auf die Wiese gelaufen und erzählte, ein verwundeter Soldat sei in den Aul gekommen, aber wer er sei und aus welcher Familie, das wisse er nicht. War das eine Aufregung! Bei uns im Aul war es nämlich so: Wenn irgend jemand von der Front zurückkam, lief alt und jung wie eine Schafherde zusammen, um den Ankömmling zu sehen, ihm die Hand zu drükken, sich zu erkundigen, ob er vielleicht Angehörige gesehen habe, und um Neuigkeiten zu hören. Sooft ein Frontsoldat im Aul erschien, erhob sich ein unvorstellbarer Lärm, denn jeder dachte im stillen: ›Vielleicht ist unser Bruder zurückgekommen, vielleicht auch unser Schwiegersohn‹, und alle rannten von den Feldern ins Dorf, um zu erfahren, was es gab.

Es stellte sich heraus, daß Danijar ein Landsmann von uns war und sogar aus unserem Aul stammte. Die Leute erzählten, er habe in früher Kindheit beide Eltern verloren und sei dann ungefähr drei Jahre lang von einem Gehöft zum anderen gewandert, bis man ihn schließlich zu den Kasachen in die Tschakmak-Steppe gebracht habe – seine Verwandten von der Mutterseite waren Kasachen. Er hatte keine nahen Angehörigen in unserem Aul, die ihn hätten zurückholen können, und so vergaßen wir ihn. Als die Leute Danijar fragten, wie es ihm in der Fremde ergangen sei und wie er gelebt habe, gab er ausweichende Antworten. Trotzdem merkte man, daß er viel Kummer und Leid erfahren und das bittere Los einer Waise zur Genüge kennengelernt hatte. Wie der Steppenwind eine Wollblume Gott weiß wohin weht, so hatte das Leben Danijar in die verschiedensten Gegenden verschlagen. Lange Zeit hatte er in den Tschakmak-Salzsteppen Schafe gehütet, und als er herangewachsen war, hatte er in der Wüste Bewässerungskanäle gegraben, auf den neuen Baumwollsowchosen und im Bergwerk von Angrensk bei Taschkent gearbeitet, und von dort aus war er zur Armee gekommen.

Die Dorfbewohner freuten sich darüber, daß Danijar in den heimischen Aul zurückgekehrt war. »Er hat lange in der Fremde leben müssen, aber nun ist er heimgekommen«, sagten sie. »Also ist es der Wille des Schicksals, daß er Wasser aus unserem Brunnen trinkt. Und er hat auch seine Sprache nicht vergessen. Manchmal redet er ja ein bißchen wie die Kasachen, aber sonst spricht er ganz rein.«

»Tulpar, der Hengst unserer Sage, hat seine Herde auch hinter dreimal neun Ländern gefunden – jeder Mensch liebt seine Heimat und sein Volk«, sagten die alten Leute zu Danijar. »Du hast gut daran getan, daß du zurückgekehrt bist. Wir freuen uns darüber, und die Geister deiner

Ahnen sind zufrieden. So Gott will, werden wir die Deutschen besiegen, und wenn wir wieder in Frieden leben, kannst du eine Familie gründen, und dann wird der Rauch über deinem eigenen Herd aufsteigen.«

Die Ältesten des Auls forschten in ihrem Gedächtnis, wer Danijars Vorfahren gewesen waren und aus welchem Geschlecht er stammte. So bekamen wir einen neuen ›Verwandten‹.

Eines Tages führte Orosmat einen hochgewachsenen, leicht gebückt gehenden Soldaten, der das linke Bein etwas nachschleppte, zu uns aufs Feld. Er hatte den Mantel über die Schulter geworfen und machte große Schritte, um nicht hinter Orosmats stämmiger, kleiner Stute zurückzubleiben, die in kurzem Trab ging. Neben dem langen, dürren Danijar sah der kleine, lebhafte Orosmat wie eine ruhelose Sumpfschnepfe aus. Wir lachten laut, als die beiden auf uns zukamen. Danijars Wunde war damals noch nicht ganz geheilt, er konnte das Kniegelenk nicht bewegen. Deshalb arbeitete er nicht als Schnitter bei der Getreideernte, sondern half uns Buben bei der Heumahd. Ich muß ehrlich sagen, daß er uns nicht sonderlich gefiel. Was uns am meisten an ihm störte, war seine Verschlossenheit. Danijar sprach wenig, und wenn er etwas sagte, hatte man das Gefühl, daß er dabei an etwas ganz anderes dachte, und man wußte auch nie, ob er einen sah oder nicht sah, obwohl er einem mit seinen nachdenklichen, verträumten Augen mitten ins Gesicht schaute.

»Der arme Junge!« sagten die älteren Leute. »Man merkt, daß er die Front noch nicht vergessen hat.«

Danijar war zwar immer tief in Gedanken versunken, verrichtete aber seine Arbeit schnell und gewissenhaft, und wer ihn nicht näher kannte, hätte ihn für einen umgänglichen, offenherzigen Menschen halten können. Vielleicht hatte ihn seine schwere Kindheit so verschlossen gemacht und ihn gelehrt, seine Gedanken und Gefühle zu verbergen? Das war leicht möglich.

Danijars schmale Lippen mit den feinen Fältchen an den Mundwinkeln waren immer fest geschlossen, seine Augen blickten traurig und ruhig, nur seine geschwungenen, beweglichen Augenbrauen gaben seinem hageren, stets müden Gesicht etwas Lebendiges. Manchmal hob er den Kopf und lauschte gespannt, als hörte er etwas, das die anderen nicht vernehmen konnten, dann zuckten seine Brauen in die Höhe, und seine Augen leuchteten in unerklärlichem Entzücken. Darauf lächelte er lange still vor sich hin, als freue er sich über irgend etwas. Das alles kam uns recht sonderbar vor. Und nicht nur dies – er hatte noch andere seltsame Gewohnheiten. Abends spannten wir unsere Pferde aus, versammelten uns vor unserer Hütte und warteten, bis die Köchin unser Essen brachte. Danijar hingegen erstieg den kleinen Hügel in der Nähe, von dem aus man die ganze Gegend überschauen konnte, und blieb dort oben sitzen, bis es dunkel wurde.

»Was macht er denn dort? Der spielt wohl Wachtposten«, sagten wir lachend.

Einmal stieg ich aus Neugier hinter Danijar auf den Hügel. Dort war nichts Besonderes zu sehen. Am fernen Horizont ahnte man die Umrisse der Berge, in der fliederfarbenen Dämmerung ringsum dehnte sich die Steppe, und die dunklen Felder schienen sich langsam in der stillen Weite aufzulösen.

Danijar schien nicht zu merken, daß ich gekommen war; die Arme um die Knie geschlungen, saß er auf der Erde und schaute mit versonnenem, aber klarem Blick in die Ferne. Und wieder hatte ich das Gefühl, als lausche er gespannt auf Laute, die ich nicht hören konnte. Ab und zu horchte er auf und verharrte regungslos mit weitgeöffneten Augen. Irgend etwas schien ihn zu bedrücken, und mir war, als müßte er im nächsten Augenblick aufspringen und sein Herz öffnen, nicht vor mir – den er gar nicht bemerkte –, sondern vor etwas Großem, Unendlichem, von dem ich nichts wußte. Nach einer kurzen Weile streifte ich ihn abermals mit einem flüchtigen Blick und erkannte ihn kaum wieder: müde, abgespannt saß er da, als ruhe er sich von der Arbeit aus.

Die Mäher unserer Kolchose waren auf die Heuschläge am Ufer des Kukureu verteilt. Nicht weit von der Stelle, wo wir arbeiteten, bricht der Kukureu schäumend aus einer Felsschlucht hervor und ergießt sich als reißender Strom durchs Tal. In unserer Gegend schwellen Flüsse und Bäche erst zur Zeit der Heuernte an und überschwemmen die Ufer. Gegen Abend begann das trübe

Wasser des Kukureu zu steigen, und um Mitternacht rauschte es so laut, daß ich oft davon aufwachte. Der blaue, klare Nachthimmel schaute mit unzähligen Sternen zu unserer Hütte herein, bisweilen fegte ein kalter Windstoß über die schlafende Erde, und der tosende Fluß schien immer näher und näher zu kommen. Obwohl unsere Hütte nicht unmittelbar am Ufer stand, hatte man in der Nacht die Empfindung, als sei das Wasser ganz nahe, und man dachte erschrokken: vielleicht reißt es plötzlich die Hütte weg und spült sie fort? Meine Kameraden schliefen meistens wie tot, ich aber konnte oft keinen Schlaf finden und ging ins Freie.

Schön und unheimlich sind die Nächte im Tal des Kukureu. Auf den Wiesen in der Flußniederung zeichnen sich hier und dort die schwarzen Silhouetten gekoppelter Pferde ab; sie haben sich satt geweidet an dem taufeuchten Gras und dämmern still vor sich hin. Das windgepeitschte nasse Weidengestrüpp niederdrückend, überflutet der Kukureu die Ufer, sein Rauschen klingt wie das Rollen schwerer Steine. Seine entfesselten Wasser erfüllen die Luft mit einem so wilden, drohenden Brausen, daß einem ganz unheimlich zumute wird.

In solchen Nächten dachte ich immer an Danijar. Er übernachtete gewöhnlich in einem Heuhaufen dicht am Ufer. ›Hat er denn keine Angst dort unten?‹ fragte ich mich. ›Wird er nicht taub von diesem Lärm? Schläft er oder schläft er nicht? Was findet er nur daran? Warum bleibt er die ganze Nacht allein am Kukureu? Ein sonderbarer Mensch, anders als die anderen. Wo mag er jetzt sein?‹ Ich sah mich nach allen Seiten um – keine Menschenseele zu sehen. Die steilen Hügel am Flußufer verloren sich in der Ferne, die Bergkämme hoben sich kaum sichtbar von dem dunklen Horizont ab, hoch über den Gipfeln wölbte sich der stille, sternfunkelnde Himmel.

Es wäre an der Zeit gewesen, daß Danijar Freunde im Aul gefunden hätte, denn er lebte schon eine ganze Weile bei uns. Doch er blieb so einsam wie früher, als ob Freundschaft und Feindschaft, Liebe und Haß fremde Begriffe für ihn seien. Aber im Aul gilt nur der Dschigit etwas, der für sich selbst und für seine Freunde einzutreten vermag, der fähig ist, Gutes und

manchmal auch Böses zu tun, und bei Festgela-
gen und Totenfeiern seinen Mann steht – ein
Dschigit von diesem Schlag ist auch bei den
Frauen gern gesehen.

Wenn sich aber ein Mann abseits hält, wie Danijar es tat, und am Leben des Auls keinen Anteil
nimmt, dann übersehen ihn die einen, und die
anderen sagen herablassend:

»Von dem hat keiner etwas, weder Nutzen noch
Schaden. Na, er wird schon irgendwie durchs
Leben kommen, der arme Teufel, laßt ihn...«

Ein Mensch wie Danijar wird meist von den anderen verspottet oder bemitleidet. Und wir,
halbwüchsige Burschen, die gern älter erscheinen
wollten, als sie in Wirklichkeit waren, um mit
den echten Dschigiten auf gleichem Fuß zu ver-
kehren, lachten unaufhörlich über Danijar, zwar
nicht, wenn er dabei war, aber unter uns. Wir
machten uns auch darüber lustig, daß er eigen-
händig sein Uniformhemd im Fluß wusch und es
wieder anzog, noch ehe es trocken geworden
war, denn er besaß nur das eine.

So sehr wir über Danijar spotteten, so ruhig und
gutmütig er auch aussah – wir brachten es seltsa-

merweise nicht fertig, so ungezwungen mit ihm umzugehen wie mit unseresgleichen. Daß er drei, vier Jahre älter war als wir, das störte uns wenig – mit solchen Burschen machten wir nicht viel Umstände und duzten sie ohne weiteres. Danijar gab sich auch nie schroff oder großspurig, was Jungen manchmal einen gewissen Respekt einflößt – aber in seiner Schweigsamkeit und Verschlossenheit lag etwas Rätselhaftes, und das hielt uns davon ab, ihn zu hänseln.

Vielleicht war der folgende Zwischenfall die Ursache unserer Zurückhaltung: Ich war ein sehr neugieriger Junge und fiel den Leuten mit meinen vielen Fragen oft zur Last. Die Frontsoldaten auszufragen war eine wahre Leidenschaft von mir, und als Danijar bei uns auf der Wiese erschien, lauerte ich förmlich auf eine passende Gelegenheit, etwas vom Krieg zu erfahren.

Eines Abends, als wir ums Feuer saßen und uns von der Arbeit ausruhten, sagte ich zu ihm:

»Danika, erzähl uns doch vor dem Schlafengehen noch ein bißchen vom Krieg!«

Danijar schwieg eine ganze Weile und schien sogar verärgert. Er starrte lange ins Feuer, dann hob er den Kopf und warf uns einen kurzen Blick zu.

»Vom Krieg soll ich erzählen?« fragte er, und tonlos, als antworte er auf seine eigenen Gedanken, fügte er hinzu: »Für euch ist es besser, wenn ihr nie etwas vom Krieg erfahrt.«

Dann drehte er sich um, ohne auch nur einen von uns anzusehen, nahm eine Handvoll dürres Steppengras, warf es in die Flammen und fachte das erlöschende Feuer wieder an.

Danijar sagte nichts mehr. Aber seine kurze Bemerkung hatte uns klargemacht, daß man nicht so ohne weiteres vom Krieg sprechen konnte, daß Fronterlebnisse keine Gutenachtgeschichten waren. Der Krieg sitzt wie ein Blutgerinnsel im Herzen eines Menschen, und davon zu erzählen ist nicht leicht. Ich schämte mich vor mir selber und fragte Danijar nie mehr nach dem Krieg.

Doch dieser Abend war rasch vergessen, ebenso rasch, wie das Interesse an Danijar im Aul erlosch.

Am nächsten Tag führte ich mit Danijar in aller Frühe die Pferde zur Dreschtenne, und zur gleichen Zeit kam auch Dshamilja. Als sie uns sah, rief sie uns schon von weitem zu:

»He, Kitschine bala, bring meine Pferde her! Wo sind die Kumte?« Mit Kennermiene inspizierte sie den Wagen, als sei sie ihr Leben lang Fuhrmann gewesen, und probierte mit dem Fuß, ob die Nabenbüchsen fest saßen.

Bei meinem und Danijars Anblick konnte sie kaum das Lachen verbeißen. Danijars dünne Beine steckten in hohen, viel zu weiten Schaftstiefeln, die er im nächsten Augenblick zu verlieren drohte, und ich trieb mein Pferd mit bloßen, vom Schmutz wie schwarzgegerbten Hacken an.

»Was für ein Paar!« Dshamilja warf lachend den Kopf zurück und begann unverzüglich, uns herumzukommandieren: »Beeilt euch ein bißchen, damit wir nicht in der Mittagshitze durch die Steppe fahren müssen!«

Sie nahm ihre Pferde am Zügel, führte sie zum Wagen und spannte sie ohne meine Hilfe ein. Nur einmal bat sie mich, ihr zu zeigen, wie man die Leinen einhängen mußte. Danijar beachtete sie nicht, sie tat, als sei er überhaupt nicht vorhanden.

Dshamiljas Entschlossenheit und ihre fast her-
ausfordernde Selbstsicherheit schienen Danijar
sehr zu überraschen. Er preßte abweisend die
Lippen zusammen und sah sie feindselig, aber
gleichzeitig mit verborgenem Entzücken an. Als
er schweigend einen Sack mit Getreide von der
Waage hob und ihn zum Wagen tragen wollte,
herrschte Dshamilja ihn an:
»Was machst du denn da? Du denkst wohl, jeder
soll sich allein abplacken. Nein, mein Lieber, so
geht das nicht! Komm, gib mir die Hand! He,
Kitschine bala, was stehst du denn da und gaffst?
Steig auf den Wagen und nimm uns die Säcke
ab!«
Dshamilja faßte Danijar bei der Hand, und als sie
zusammen den Sack anhoben und auf ihre Unter-
arme stellten, wurde der arme Kerl vor lauter
Verlegenheit feuerrot. Und jedesmal, wenn sie
einen Sack hochhoben, ihre Hände sich ver-
schränkten und ihre Köpfe sich beinahe berührten, sah ich, wie verwirrt Danijar war, wie er sich
auf die Lippen biß, wie er sich bemühte, Dshamilja nicht ins Gesicht zu sehen. Dshamilja
machte sich nichts daraus, sie schien ihren Ar-

beitsgefährten überhaupt nicht zu bemerken und scherzte vergnügt mit der Waagemeisterin. Als der Wagen beladen war und wir nach den Leinen griffen, zwinkerte Dshamilja mir verschmitzt zu und sagte lachend:

»He, du, Danijar! So heißt du doch? Du siehst aus, als wärst du ein Mann, also fahr du an der Spitze!«

Danijar trieb schweigend seine Pferde an. ›Ach, du armer Kerl! Zu allem andern bist du auch noch schüchtern!‹ dachte ich.

Bis zur Bahnstation war es weit: Zuerst mußten wir ungefähr zwanzig Kilometer durch die Steppe fahren und dann durch eine Schlucht. Zum Glück ging es den ganzen Weg bergab, da hatten es die Pferde nicht so schwer.

Unser Aul Kukureu zieht sich am Flußufer auf einem Hang der Großen Berge entlang. Bis man in die Schlucht kommt, hat man den Aul mit seinen dunklen Baumkronen immer vor Augen.

Wir konnten nur eine Fahrt am Tag machen. Frühmorgens fuhren wir von zu Hause fort und kamen erst gegen Mittag zur Bahnstation.

Die Sonne brannte unbarmherzig vom Himmel, und auf der Station war ein solches Gewühl, daß man kaum durchkam: Wagen und Karren mit Getreidesäcken, die aus dem ganzen Tal hierhergekommen waren, schwerbepackte Maulesel und Ochsen aus entlegenen Kolchosen im Gebirge. Die Treiber waren halbwüchsige Burschen und Soldatenfrauen, fast schwarz verbrannt, in verschossenen Kleidern, mit bloßen, an den Felsen zerschundenen Füßen und blutenden, vor Hitze und Staub aufgesprungenen Lippen.

Über dem Tor der Sammelstelle hing ein Transparent: ›Jede Kornähre für die Front!‹ Im Hof ein unglaubliches Gedränge und Gestoße, die Ochsen- und Maultiertreiber schrien um die Wette. Hinter einer niedrigen Ziegelmauer rangierte eine Lokomotive und spie unter lautem Zischen dicke, weiße Dampfwolken und rotglühende Funken aus. Züge ratterten mit ohrenbetäubendem Donnern vorbei; die geifertriefenden Mäuler aufgerissen, brüllten Kamele wütend und verzweifelt und wollten nicht von der Erde aufstehen.

Unter dem glühenden Blechdach des Kornspei-

chers türmten sich Getreideberge. Wir mußten
die Säcke über eine schmale Bretterstiege bis unters Dach hinauftragen. Der stickige Korngeruch
und der dichte Staub benahmen einem den Atem.
»He, Bursche, paß auf!« schreit der Aufseher von
unten; seine Augen sind rot und geschwollen,
weil er nächtelang nicht mehr geschlafen hat.
»Schlepp den Sack hinauf, ganz hinauf!« Er droht
mit der Faust und flucht.
Warum schimpft er denn? Wir wissen doch, wohin wir die Säcke bringen müssen, wir schleppen
sie schon hinauf. Denn das Getreide, das wir auf
den Schultern tragen, kommt direkt vom Feld,
wo Frauen, Kinder und Greise jedes einzelne
Korn gehegt und gepflegt und gesammelt haben,
wo sich die Männer in der sengenden Julihitze
mit längst ausgedienten Dreschmaschinen abpla-
gen, wo die Rücken der Frauen stets über glü-
hende Sicheln gebeugt sind, wo Kinderhände
jede einzelne Ähre sorgsam auflesen.
Ich erinnere mich bis auf den heutigen Tag, wie
schwer die Säcke waren, die ich auf den Schultern
schleppte. Das war eine Arbeit für starke Männer. Auf den knarrenden, wippenden Brettern

balancierend und einen Zipfel des Sackes krampfhaft mit den Zähnen festhaltend, um ihn ja nicht fallen zu lassen, ging ich die schmale Stiege hinauf. Der Staub kratzte mich im Hals, die schwere Last drückte mir fast die Rippen ein, vor meinen Augen drehten sich feurige Kreise. Mehr als einmal versagten meine Kräfte auf halbem Weg, ich fühlte, wie mir der Sack unerbittlich vom Rücken rutschte, und ich hätte ihn am liebsten hingeworfen und mich mit ihm zusammen die Treppe hinunterfallen lassen. Aber hinter mir kamen andere Leute, Jungen in meinem Alter und Soldatenfrauen. ›Wenn Frauen dieselbe Arbeit machen wie ich, darf ich nicht schlappmachen, ich muß weiter!‹ dachte ich. Dshamilja ging vor mir her, sie hatte den Rock aufgeschürzt, und ich sah, wie sich die Muskeln ihrer schlanken, braunen Beine spannten, mit welcher Anstrengung sie das Gleichgewicht zu halten versuchte, wie sie sich unter der Last des Sackes beugte. Ab und zu blieb sie einen Augenblick stehen, als ob sie fühlte, daß meine Kraft mit jedem Schritt nachließ, und rief mir zu:

»Halt aus, Kitschine bala, es ist nicht mehr weit!«
Aber ihre Stimme klang dünn und gepreßt.

Als wir unsere Säcke geleert hatten und die Bretterstiege hinuntergingen, kam uns Danijar entgegen. Leicht hinkend stieg er mit gleichmäßigen,
federnden Schritten die Treppe hinauf. Im Vorbeigehen maß er Dshamilja mit einem düsteren,
brennenden Blick, und sie bog den schmerzen-
den Rücken gerade und strich rasch ihr zerknit-
tertes Kleid glatt. Jedesmal, wenn wir Danijar
begegneten, starrte er Dshamilja an, als sähe er sie
zum ersten Mal, während sie nach wie vor tat, als
sei er Luft für sie.

Es war fast zur Regel geworden, daß Dshamilja
entweder ihren Spott mit Danijar trieb oder ihn
überhaupt nicht beachtete, je nachdem, wie sie
gerade gelaunt war. Auf dem Weg zur Bahnstation spielte sie ihm oft folgenden Streich: Sie rief
mir plötzlich zu: »He, vorwärts!«, stieß einen
lauten Schrei aus, schwang die Peitsche über dem
Kopf und trieb ihre Pferde zum Galopp an. Ich
jagte mit meinem Gespann hinterher. Wir über-
holten Danijar und ließen ihn in einer dicken
Staubwolke zurück. Es war zwar nur ein Scherz,

aber nicht jeder hätte ihn so ruhig hingenommen wie Danijar. Wenn wir an ihm vorbeisausten, blickte er Dshamilja, die laut lachend auf dem Wagen stand, mit düsterem Entzücken an. Einmal wandte ich mich um und sah, daß er ihr sogar noch durch die Staubwolke hindurch nachschaute. In seinem Blick war etwas Gutmütiges, Verzeihendes, aber auch etwas unsagbar Schwermütiges.

Weder Dshamiljas Spott noch ihre Gleichgültigkeit brachten Danijar auch nur ein einziges Mal aus der Fassung. Es war, als habe er sich geschworen, alles geduldig zu ertragen. Anfangs tat er mir leid, und ich sagte ein paarmal zu Dshamilja:

»Warum hänselst du ihn denn immer, Dshene? Er hat dir doch gar nichts getan!«

»Ach was!« sagte sie lachend. »Das ist doch alles nur Spaß.«

Später machte auch ich mich über Danijar lustig, und ärger als Dshamilja. Die seltsamen, eindringlichen Blicke, die er ihr zuwarf, hatten mich unruhig gemacht. Wie er sie ansah, wenn sie sich einen Kornsack auf die Schultern lud! Aber unter all den lärmenden Menschen, die in dem engen Hof der Sammelstelle einander schoben und drängten wie auf einem Basar, mußte einem Dshamilja auch auffallen. Ihre Bewegungen waren so ruhig, so sicher, ihr Gang war so gelöst, als hätte sie einen weiten freien Raum vor sich. Wenn sie einen Sack vom Wagen nahm, beugte sie geschmeidig den Rücken, schob die eine Schulter leicht zurück und neigte den Kopf, so daß man ihren schönen Nacken sah und ihre in der Sonne dunkelbraun schimmernden Zöpfe fast die Erde berührten. Danijar, der dann wie zufällig einen Augenblick stehenblieb, verfolgte jede ihrer Bewegungen und schaute ihr nach, bis sie in der Tür des Kornspeichers verschwand.

Er dachte wohl, daß niemand es merke, aber ich beobachtete alles, und sein Benehmen mißfiel mir sehr, ja, es verletzte meine Gefühle, denn ich fand, daß Danijar meiner Dshene vollkommen unwürdig war.

›Na, wenn sogar der sich in sie vergafft, braucht man sich über die anderen nicht zu wundern‹, dachte ich. Alles in mir empörte sich, der kindliche Egoismus, von dem ich noch nicht ganz frei war, regte sich in mir und mit ihm eine rasende Eifersucht. Und statt Mitleid empfand ich Danijar gegenüber eine solche Abneigung, daß ich jedesmal schadenfroh zusah, wenn sich irgend jemand über ihn lustig machte.

Aber mit den Streichen, die Dshamilja und ich ihm spielten, hatte es eines Tages plötzlich ein Ende; der letzte war traurig ausgegangen.

Unter den Getreidesäcken, die wir fahren mußten, war ein riesiger Zwei-Zentner-Sack aus grobem Packleinen, den wir immer zu zweit trugen, weil er für einen allein zu schwer war. Eines Morgens beschlossen wir, Danijar zu ärgern. Wir schleppten dieses Ungetüm von einem Sack auf seinen Wagen und türmten andere Säcke davor auf. Unterwegs liefen wir in einem russischen Dorf in einen Garten, rissen ein paar Äpfel ab und sprangen schnell wieder auf den Wagen. Wir lachten und kicherten den ganzen Weg: zuerst bewarf Dshamilja Danijar mit Äpfeln, dann sausten wir an ihm vorbei, daß der Staub nur so flog. Er holte uns erst an den Bahngleisen hinter der Schlucht ein, wo wir halten mußten, weil die Schranken geschlossen waren. Als wir zusammen mit Danijar auf der Bahnstation ankamen, hatten wir den großen Sack völlig vergessen, er fiel uns erst wieder ein, als wir mit dem Ausladen fast fertig waren. Dshamilja stieß mich in die Seite und blinzelte mir übermütig zu: Danijar stand auf dem Wagen, betrachtete besorgt den Sack und überlegte, was er mit ihm machen sollte. Als er sich umschaute und sah, daß Dshamilja vor Lachen fast erstickte, wurde er dunkelrot: er hatte gemerkt, was los war.

»Zieh die Hosen hoch, sonst verlierst du sie unterwegs!« rief Dshamilja ihm zu.

Danijar warf uns einen bösen Blick zu, und ehe wir es uns versahen, schleifte er den Sack bis an den Rand des Wagens, stellte ihn hoch, sprang auf die Erde, nahm den Sack auf die Schultern und ging auf den Speicher zu. Zuerst taten wir, als sei das gar nichts Besonderes, und den anderen fiel erst recht nichts auf, denn alle Leute im Hof schleppten ja Kornsäcke. Doch als Danijar an der Treppe war, lief Dshamilja ihm nach.

»Stell den Sack hin!« sagte sie. »Es war doch nur Spaß!«

»Geh weg!« antwortete Danijar laut und deutlich und ging die Treppe hinauf.

»Sieh mal an, der schleppt den Sack tatsächlich ganz allein bis unters Dach!« sagte Dshamilja, als wolle sie sich rechtfertigen. Sie lachte noch immer leise vor sich hin, aber ihr Lachen klang unnatürlich und gezwungen.

Wir merkten, daß Danijar auf dem verwundeten Bein stärker hinkte als sonst. Wie hatten wir das nur vergessen können! Bis auf den heutigen Tag kann ich mir diesen dummen Streich nicht verzeihen, denn ich Esel hatte ihn ausgeheckt!

»Kehr doch um!« rief Dshamilja mit unfrohem Lachen.

Aber Danijar konnte nicht mehr umkehren, hinter ihm gingen andere Leute mit ihren Säcken.

Ich kann mich nicht mehr klar entsinnen, was dann geschah. Ich sah Danijar unter den schaukelnden Sack gebeugt, ich sah seinen tief gesenkten Kopf und seine zusammengepreßten Lippen. Langsam das verwundete Bein nachschleppend, ging er voran. Jeder neue Schritt verursachte ihm solche Schmerzen, daß er krampfhaft den Kopf schüttelte und eine Sekunde innehalten mußte.

Und je höher er die Treppe hinaufstieg, desto stärker schwankte er unter dem Sack, der ihn von einer Seite auf die andere drückte. Ich hatte solche Angst und schämte mich so sehr, daß meine Kehle wie ausgetrocknet war. Vor Schrecken wie gelähmt, fühlte ich in allen Fibern die Schwere von Danijars Last und den unerträglichen Schmerz in seinem verwundeten Bein. Wieder taumelte er, schüttelte den Kopf – da wurde mir schwarz vor den Augen, der Boden wankte mir unter den Füßen.

Ich erwachte aus meiner Erstarrung, als jemand so fest meine Hand drückte, daß meine Finger knackten. Ich erkannte Dshamilja nicht wieder. Ihr Gesicht war schneeweiß, mit riesigen Pupillen in den weitgeöffneten Augen, ihre Lippen zitterten noch vom kaum erstorbenen Lachen. Da liefen nicht nur wir, alle im Hof – auch der Aufseher – liefen zum Fuß der Treppe. Danijar machte noch zwei Schritte, er wollte den Sack auf seinem Rücken zurechtrücken – dann ging er langsam in die Knie. Dshamilja schlug die Hände vors Gesicht.

»Wirf den Sack hin! Wirf ihn hin!« rief sie.

Aber Danijar ließ den Sack nicht los, obwohl er ihn schon längst hätte hinunterwerfen können, seitlich über die Treppe, um die hinter ihm Gehenden nicht zu verletzen. Als er Dshamiljas Stimme hörte, riß er sich zusammen, drückte die Knie durch, machte einen Schritt – und strauchelte abermals.

»Hinwerfen, du Hundesohn!« brüllte der Aufseher.

»Hinwerfen!« schrien die Leute.

Danijar hielt durch.

»Nein, er wirft ihn nicht hin!« flüsterte jemand in überzeugtem Ton.

Und es war, als hätten alle, jene, die hinter ihm gingen, und auch die anderen, die unten warteten, begriffen: Er läßt den Sack nicht los, und wenn er mit ihm zusammen die Treppe hinunterstürzt. Totenstille trat ein. Draußen vor der Mauer stieß eine Lokomotive einen gellenden Pfiff aus.

Schwankend, wie betäubt, stieg Danijar zu dem glühendheißen Blechdach hinauf, die Bretter der Stiege bogen sich unter ihm. Nach jedem zweiten Schritt verlor er das Gleichgewicht, machte einen

Augenblick halt, um neue Kräfte zu sammeln, und ging weiter. Alle, die hinter ihm kamen, paßten sich seinem Schritt an und blieben stehen, wenn er stillstand. So mühsam das war, niemand empörte sich darüber, niemand schimpfte auf Danijar. Wie durch ein unsichtbares Seil miteinander verbunden, trugen die Leute ihre Last die Treppe hinauf, als gingen sie einen gefährlichen, schlüpfrigen Pfad entlang, wo das Leben des einen vom Leben des anderen abhängt. In ihrem einmütigen Schweigen und ihrem gleichförmigen Schaukeln war ein gleicher, schwerer Rhythmus. Ein Schritt, noch ein Schritt hinter Danijar her und noch ein Schritt. Wieviel Mitleid, wieviel stummes Flehen war in dem Blick der Soldatenfrau, die mit zusammengebissenen Zähnen hinter Danijar herhing! Sie konnte sich kaum auf den Beinen halten, aber sie betete um ihn.

Danijar hatte nicht mehr weit zu gehen, gleich war die Treppe zu Ende; da taumelte er wieder – das verwundete Bein gehorchte ihm nicht mehr. Wenn er den Sack nicht losließ, mußte er im nächsten Augenblick abstürzen.

»Lauf hin! Hilf ihm doch!« schrie Dshamilja mir

da zu und streckte verstört die Arme aus, als
könnte sie Danijar damit helfen.

Ich rannte die Treppe hinauf. Zwischen Menschen und Säcken drängte ich mich bis zu Danijar
durch. Unter dem Ellbogen hervor sah er mich
an. Auf seiner dunkelroten, nassen Stirn traten
die Adern hervor, seine blutunterlaufenen Augen
funkelten zornig. Ich wollte den Sack von hinten
stützen.

»Weg!« stieß Danijar hervor und ging weiter.
Als er schließlich schwer atmend und hinkend
die Treppe herunterkam, hingen seine Arme
schlaff wie Peitschenschnüre herab. Alle machten ihm schweigend Platz. Da konnte der Aufseher nicht mehr an sich halten und schrie:

»Bist du verrückt geworden, Bursche? Bin ich
vielleicht kein Mensch, hätte ich dir vielleicht
nicht erlaubt, das Korn unten auszuschütten?
Warum schleppst du solche Säcke?«

»Das ist meine Sache«, antwortete Danijar leise.
Er spie aus und ging zum Wagen. Wir wagten
nicht, die Augen zu heben. Wir schämten uns,
und es tat uns leid, daß Danijar sich unseren
dummen Streich so zu Herzen genommen hatte.

Die ganze Nacht fuhren wir schweigend. Für Danijar war das natürlich; deshalb konnten wir nicht herausfinden, ob er uns böse war oder ob er schon alles vergessen hatte. Aber wir waren bedrückt, wir hatten Gewissensbisse.

Als wir am nächsten Morgen auf der Tenne Getreide luden, packte Dshamilja den unseligen Sack, trat mit dem Fuß darauf und riß ihn entzwei.

»Da hast du den Fetzen!« Sie warf der verdutzten Waagemeisterin den Sack vor die Füße.

»Und sag Orosmat, er soll uns gefälligst nicht wieder solche Säcke zwischen die anderen schmuggeln!«

»Was hast du denn? Was ist denn los?«

»Nichts!«

Den ganzen nächsten Tag ließ sich Danijar nicht anmerken, ob er gekränkt war, er war so still und ruhig wie immer, nur hinkte er stärker als gewöhnlich, besonders wenn er Säcke trug. Offenbar war seine Wunde wieder aufgebrochen, und das erinnerte uns ständig an unsere Schuld. Hätte er gelacht oder gescherzt, uns wäre leichter geworden – und unser Zerwürfnis wäre vergessen gewesen. Auch Dshamilja tat, als sei nichts Besonderes geschehen. Sie gab sich unbekümmert und lachte den ganzen Tag, aber ich sah genau, daß ihr nicht froh zumute war.

Wir kamen spät von der Bahnstation zurück. Danijar fuhr voraus. Es war eine herrliche Nacht. Wer kennt nicht die Augustnächte mit ihren fernen und doch so nahen, ungewöhnlich hellen Sternen! Selbst die kleinsten Sterne waren deutlich zu erkennen. Einer von ihnen, an den Rändern wie mit Rauhreif umsponnen, in eisigen Strahlen funkelnd, blickte mit naivem Staunen vom dunklen Himmel auf die Erde herab. Während wir durch die Schlucht fuhren, betrachtete ich ihn lange. Die Pferde liefen in flottem Trab, unter den Rädern knirschte der Schotter. Der Wind trug aus der Steppe den bitteren Blütenstaub blühenden Wermuts und den schwachen Duft von taubedecktem, reifem Getreide herüber, und das alles, gemischt mit dem Geruch von Wagenschmiere und schweißdurchtränktem Pferdegeschirr, machte einen ganz benommen. Auf der einen Seite hingen mit Heckenrosen überwucherte Felsen über den Weg, auf der anderen rauschte der unbändige Kukureu tief unten in dem dichten Gestrüpp aus Weiden und Pappeln. Ab und zu fuhren irgendwo hinter uns Züge mit leisem Donnern über die Brücke, und das Rattern ihrer Räder hallte noch lange durch die Luft.

Es war schön, in die Kühle zu fahren, auf die schaukelnden Pferderücken zu schauen, in die Augustnacht hinauszuhorchen und ihre Düfte einzuatmen. Dshamilja fuhr vor mir her. Sie hatte die Leinen losgelassen und begann leise zu singen. Ich merkte, daß unser Schweigen sie bedrückte. In einer solchen Nacht kann man nicht schweigen, in einer solchen Nacht möchte man singen!

Und sie sang. Vielleicht sang sie auch, weil sie ihr Schuldgefühl Danijar gegenüber loswerden wollte, weil sie gern wieder so ungezwungen mit ihm umgegangen wäre wie früher. Sie hatte eine klangvolle, leidenschaftliche Stimme und sang die üblichen Dorflieder wie ›Ich winke dir mit einem Seidentuch‹ oder ›Mein Liebster ist fern von mir‹, aber sie sang sie so schlicht und warm, daß man ihr gern zuhörte. Plötzlich brach sie mitten in der Strophe ab und rief Danijar zu:

»He, Danijar! Sing doch irgendwas! Du bist doch ein Dschigit! Oder nicht?«

»Sing du, Dshamilja, sing!« antwortete Danijar verwirrt und zügelte die Pferde. »Ich spitze beide Ohren.«

»Denkst du vielleicht, wir hätten keine Ohren? Aber du brauchst nicht zu singen, wenn du nicht magst.«

Und Dshamilja stimmte ein neues Lied an.

Wer weiß, warum sie ihn gebeten hatte, zu singen. Vielleicht einfach so, vielleicht wollte sie aber auch ein Gespräch mit ihm anfangen, denn nach einer Weile rief sie wieder: »Sag mal, Danijar, hast du schon einmal geliebt?« und lachte. Danijar gab keine Antwort, und Dshamilja sagte nichts mehr.

›Der und singen!« dachte ich. ›Der ist mir der Rechte!‹

An dem Bach, der den Weg kreuzt, fielen die Pferde in Schritt, und ihre Hufeisen klirrten auf den nassen, silbrigen Steinen. Als die Furt hinter uns lag, trieb Danijar seine Pferde mit der Peitsche an und begann plötzlich leise zu singen:

>Ihr Berge, ihr weißblauen Berge,
Land meiner Väter ...«

Seine Stimme klang belegt und bebte, sooft er über eine holprige Stelle fuhr. Plötzlich stockte er und räusperte sich, aber die folgenden Strophen sang er mit tiefer, sonorer, wenn auch etwas heiserer Stimme:

>Ihr Berge, ihr weißblauen Berge,
meine Wiege, meine Heimat ...«

Er verstummte wieder, als sei er über etwas erschrocken, und schwieg.
Ich merkte deutlich, wie verlegen er war. Aber selbst in diesem schüchternen, jäh abbrechenden Gesang war eine ungewöhnliche Erregung, und er hatte eine schöne Stimme. Man konnte fast nicht glauben, daß das Danijar war.
>Sieh mal an!« entfuhr es mir.
Dshamilja rief:
>Warum hast du denn früher nie den Mund aufgemacht? Komm, sing! Sing doch richtig!«

Vor uns wurde es heller – der Ausgang ins Tal. Ein leichter Wind wehte uns entgegen. Danijar begann zu singen. Wieder fing er zaghaft, unsicher an, doch allmählich gewann seine Stimme an Kraft, erfüllte die ganze Schlucht und hallte in den fernen Felsen wider.

Am meisten überraschte mich die Leidenschaft und Glut seiner Melodie. Es war etwas ganz Besonderes daran, aber was, das wußte ich nicht zu sagen, und ich weiß auch heute noch nicht, ob es nur Danijars Stimme war oder etwas Größeres, das unmittelbar aus der Seele des Menschen kommt, etwas, das bei anderen die gleiche Erregung und die verborgensten Gedanken zu erwecken vermag.

Wenn ich Danijars Lied doch nur ungefähr wiedergeben könnte! Es hatte fast keine Worte, ohne Worte enthüllte es die ganze Weite und Größe der menschlichen Seele. Nie mehr habe ich ein solches Lied gehört, weder vorher noch nachher: Es glich weder den kasachischen noch den kirgisischen Weisen und hatte doch etwas von beiden. Danijars Gesang enthielt die besten Melodien der beiden verwandten Völker und verflocht sie zu einem einzigen, unvergleichlichen Lied. Es war ein Lied der Berge und Steppen, bald schwang es sich empor wie die kirgisischen Berge, bald dehnte es sich frei und weit wie die Kasachensteppe.

Ich hörte zu und dachte staunend: ›So ist also Danijar! Wer hätte das gedacht?‹

Wir fuhren unterdessen in der Steppe einen weichen, ebenen Weg entlang, und nun entfaltete sich Danijars Gesang voll und frei, und neue, immer neue Melodien lösten einander ab. War er wirklich so reich? Was war denn auf einmal mit ihm geschehen? Gerade als hätte er nur auf seinen Tag, seine Stunde gewartet!

Plötzlich wurde mir alles klar: seine Absonderlichkeiten, die bei den Leuten Verwunderung und Spott hervorriefen, seine Verträumtheit, sein Hang zur Einsamkeit, seine Schweigsamkeit. Ich begriff jetzt, warum er ganze Abende auf dem Wachthügel saß und allein am Fluß übernachtete, warum er unablässig auf Laute horchte, die anderen nicht vernehmlich waren, warum manchmal seine Augen plötzlich aufleuchteten und seine meist gerunzelten Brauen emporzuckten. Er war ein zutiefst verliebter Mensch. Aber er war nicht einfach in einen anderen Menschen verliebt – sondern es war eine andere, alles umfassende Liebe zum Leben und zur Erde. Diese Liebe erfüllte ihn ganz, sie klang aus seinen Liedern, sie war sein Leben. Ein gleichgültiger Mensch hätte niemals so singen können, und wenn seine Stimme noch so gut gewesen wäre.

Kaum war der letzte Widerhall des Liedes verebbt, da klang es von neuem zitternd auf und weckte die schlafende Steppe. In breitem Strom wogte das bläuliche reife Korn, das die Mahd erwartete, und der erste Morgenschimmer glitt über die Felder. An der Mühle rauschten mächtige alte Weiden leise mit dem silbrigen Laub, jenseits des Flusses erloschen die Hirtenfeuer. Bald hinter den Gärten verschwindend, bald wieder auftauchend, flog ein Reiter lautlos wie ein Schatten am Ufer entlang zum Aul. Von dort trug der Wind den milchwarmen Honigduft blühender Maisfelder und den Geruch von Äpfeln und trockenem Kuhmist herüber.

Lange, selbstvergessen sang Danijar. Die stille Augustnacht hörte ihm zu wie verzaubert. Sogar die Pferde waren schon längst in Schritt gefallen, als fürchteten sie, dieses Wunder zu stören.

Mitten im höchsten Ton brach Danijar sein Lied plötzlich ab, er stieß einen lauten Schrei aus und trieb seine Pferde zum Galopp an. Ich dachte, Dshamilja würde ihm nachjagen, und faßte die Leinen fester, aber sie rührte sich nicht. Sie blieb sitzen, wie sie die ganze Zeit gesessen hatte, den Kopf auf die Schulter geneigt, als lausche sie noch immer den verhallenden Tönen, die irgendwo in der Luft schwebten. Danijar war weggefahren, und Dshamilja und ich sprachen bis zum Aul kein einziges Wort. Wozu auch reden? Mit Worten kann man nicht alles sagen...

Es war, als hätte sich seit diesem Tag etwas in unserem Leben geändert. Ich wartete jetzt immer auf etwas Schönes, lang Ersehntes. In aller Frühe luden wir auf der Dreschtenne die Kornsäcke ein, fuhren zur Bahnstation und brannten darauf, so bald wie möglich zurückzufahren, um auf dem Heimweg Danijars Lieder zu hören. Seine Stimme ergriff von mir Besitz, sie verfolgte mich auf Schritt und Tritt; sie klang mir in den Ohren, wenn ich morgens durch den taunassen Klee zu den weidenden Pferden lief, wenn die Sonne hinter den Bergen emporstieg und mir entgegenlachte. Ich hörte diese Stimme auch im leise rauschenden goldenen Regen des Weizens, den die alten Männer beim Worfeln mit ihren Schaufeln gegen den Wind warfen, und im gleitenden Flug des einsamen Geiers hoch über der Steppe – in allem, was ich sah und hörte, meinte ich Danijars Lied zu vernehmen. Und abends, wenn wir durch die Schlucht fuhren, hatte ich jedesmal das Gefühl, als werde ich in eine andere Welt versetzt. Ich hörte Danijar mit halbgeschlossenen Augen zu, und vor mir tauchten seltsam bekannte, von Kindheit an vertraute Bilder auf: Hoch über den Jurten, hoch wie ziehende Kraniche schwammen zarte, rauchblaue Wolken; Pferdeherden jagten wiehernd und stampfend über die dröhnende Erde zur Sommerweide, und Fohlen mit ungeschorenen Mähnen und wildem, schwarzem Feuer in den Augen umkreisten die Mutterstuten wie besessen; Schafherden ergossen sich in breitem, ruhigem Strom über die Hügel, ein Wasserfall stürzte vom Felsen herab und blendete die Augen mit seinen weißen Schaumfetzen; in der Steppe jenseits des Flusses versank die Sonne langsam im dichten Pfriemengras, am feurigen Saum des Horizonts galoppierte ein Reiter, als jage er hinter der Sonne her – schon konnte er sie fast mit der Hand greifen –, und versank gleichfalls im Gestrüpp und in der Dämmerung.

Weit dehnt sich die Kasachensteppe hinter dem Fluß. Zu beiden Seiten hat sie die Berge auseinandergeschoben, streng und einsam liegt sie da ... Doch in dem denkwürdigen Sommer, in dem der Krieg ausbrach, flammten Feuer in der Steppe auf, Tausende von Pferdehufen hüllten sie in glühenden Staub, und Boten sprengten nach allen vier Himmelsrichtungen. Ich weiß noch, wie ein galoppierender Kasache mit kehliger Hirtenstimme vom anderen Ufer herüberrief: »Besteigt eure Pferde, Kirgisen, der Feind ist da!« und in Staubwirbeln und flimmerndem, glühendem Dunst weiterjagte. Die ganze Steppe brach auf, mit feierlich-dumpfem Gedröhn zogen unsere ersten Reiterregimenter die Berge herab und durch die Täler, Tausende von Steigbügeln klirr-

ten, Tausende von Dschigiten spähten in die Weite, an ihrer Spitze wogten rote Fahnen, in der Staubwolke hinter ihnen hallte das Wehklagen der Frauen und Mütter über die Erde: »Die Steppe möge euch beistehen und der Geist unseres Helden Manas!«
Dort, wo das Volk in den Krieg gezogen war, blieben bittere Spuren zurück...
Und diese ganze Welt, alle Schönheit der Erde, Freude und Leid, hatte mir Danijar in seinem Lied offenbart. Woher wußte er das alles, von wem hatte er es gehört? Nur ein Mensch, der sich lange Jahre von ganzem Herzen nach seiner Heimat gesehnt und unter dieser Sehnsucht gelitten hatte, konnte sein Land so lieben wie Danijar. Wenn er sang, sah ich ihn als kleinen Jungen vor mir, wie er einsam durch die Steppe wanderte. Waren seine Lieder damals zum ersten Mal in seiner Seele erklungen? Oder erst später, im Krieg? Wenn ich Danijar zuhörte, war mir, als müßte ich mich auf die Erde werfen und sie wie ein Sohn umarmen, nur dafür, daß ein Mensch sie so lieben konnte. Damals fühlte ich zum ersten Mal, wie etwas Neues in mir erwachte, das ich

noch nicht zu benennen wußte. Es war ein unüberwindliches Bedürfnis, mich auszudrücken, die Welt zu sehen und zu empfinden und anderen meine Gedanken und Empfindungen mitzuteilen, den Menschen so begeistert von der Schönheit unseres Landes zu erzählen wie Danijar. Ich war wie benommen vor Freude und Angst, unbewußter Angst vor etwas Unbekanntem, aber ich begriff damals noch nicht, daß ich malen mußte. Ich habe schon als Schuljunge gern gezeichnet. Ich malte Bilder aus meinen Schulbüchern ab, und die anderen Kinder sagten, es sei ganz genauso wie im Buch. Auch die Lehrer lobten mich, wenn ich Zeichnungen für unsere Wandzeitung mitbrachte. Aber dann kam der Krieg, meine Brüder wurden Soldaten, und ich verließ die Schule und arbeitete auf der Kolchose wie alle meine Altersgenossen. Ich vergaß Pinsel und Farben und glaubte nicht, daß ich je wieder daran denken würde. Aber Danijars Lieder hatten mein ganzes Wesen in Aufruhr gebracht. Ich ging wie im Traum umher und betrachtete die Welt mit so erstaunten Augen, als sähe ich alles zum ersten Mal.

Wie auch Dshamilja sich plötzlich verändert hatte! Sie lachte und scherzte nicht mehr wie früher, in ihren glanzlosen Augen war die stille Schwermut eines Frühlingstags. Auf unseren Fahrten zur Bahnstation grübelte sie unablässig vor sich hin, manchmal spielte ein träumerisches Lächeln um ihre Lippen, als freue sie sich über etwas Schönes, von dem nur sie allein wußte. Beim Ausladen des Getreides beobachtete ich oft, wie sie einen Kornsack auf den Rücken nahm und dann zögernd stehenblieb, als müßte sie einen reißenden Fluß überschreiten und wüßte nicht, wie sie hinüberkommen sollte. Danijar ging sie aus dem Weg und vermied es, ihm in die Augen zu sehen.

Einmal sagte sie auf der Tenne in gespielt ärgerlichem Ton zu ihm:

»Zieh dein Hemd aus und gib es her! Ich wasche es dir.«

Und dann, als sie das Hemd im Fluß gewaschen hatte, breitete sie es zum Trocknen aus, setzte sich daneben und strich es lange und sorgfältig mit beiden Händen glatt. Dann hielt sie es gegen das Licht, betrachtete die durchgescheuerten

Stellen an den Schultern, schüttelte den Kopf und begann wieder über das Hemd zu streichen, behutsam und traurig.

In dieser ganzen Zeit lachte Dshamilja nur ein einziges Mal so laut und ansteckend wie früher. Auf dem Heimweg vom Kleefeld kam ein ausgelassener Schwarm junger Frauen, Mädchen und Dschigiten, die an der Front gewesen waren, an der Dreschtenne vorbei.

»He, ihr sollt euer Weizenbrot nicht allein essen! Gebt uns auch etwas ab, sonst werfen wir euch ins Wasser!« riefen die Dschigiten lachend und schwenkten ihre Heugabeln.

»Denkt ihr vielleicht, wir hätten Angst vor euren Heugabeln?« sagte Dshamilja. »Ihr kriegt nichts von uns, besorgt euch doch selber etwas!«

»Wenn das so ist, dann fliegt ihr alle ins Wasser!«

Und die Burschen und Mädchen gingen aufeinander los. Lachend und kreischend stießen sie sich gegenseitig ins Wasser.

»Packt sie, schleppt sie zum Fluß!« rief Dshamilja. Sie lachte lauter als alle anderen und wich ihren Verfolgern geschickt aus. Es war seltsam –

die Dschigiten schienen nur Dshamilja zu sehen.
Jeder versuchte sie zu packen und an sich zu
drücken. Jetzt hielten sie drei Burschen auf einmal fest und hoben sie hoch. »Gib uns einen Kuß,
sonst werfen wir dich ins Wasser!« Dshamilja
wehrte sich aus allen Kräften, warf lachend den
Kopf zurück und rief ihre Freundinnen zu Hilfe.
Aber die Mädchen liefen am Ufer hin und her,
um ihre Kopftücher aus dem Wasser zu fischen,
und so flog Dshamilja unter dem einmütigen Ge-
lächter der Dschigiten in den Fluß. Mit zerzau-
sten, nassen Haaren, schöner als je kam sie aus
dem Wasser. Das nasse Kattunkleid klebte an
ihrem Körper, so daß man ihre kräftigen runden
Hüften und ihre mädchenhafte Brust sah, aber sie
schien es nicht zu merken. Sie schüttelte sich
lachend, und über ihr erhitztes Gesicht rannen
lustige kleine Bäche.

»Gib uns einen Kuß!« riefen die Dschigiten.
Dshamilja küßte sie, flog aber noch einmal ins
Wasser, kam lachend ans Ufer und warf mit einer
raschen Kopfbewegung ihre nassen, schweren
Zöpfe zurück.

Alle auf der Tenne lachten über die Ausgelassenheit der jungen Leute. Die alten Männer, die Getreide geworfelt hatten, warfen ihre Schaufeln hin und wischten sich die Tränen aus den Augen, ihre dunkelbraunen, runzligen Gesichter strahlten, als seien sie für einen Augenblick wieder jung geworden. Und ich vergaß für dieses Mal meine Eifersucht und meine Pflicht, Dshamilja vor den Dschigiten zu schützen, und lachte von Herzen. Da fiel mein Blick zufällig auf Danijar, und ich verstummte.

Es war der einzige, der nicht lachte. Mit gespreizten Beinen stand er einsam am Rand der Tenne, und es sah aus, als wollte er sich auf die Dschigiten stürzen und ihnen Dshamilja entreißen. Er starrte sie unverwandt an, mit einem Blick, aus dem Freude und Schmerz sprach. Als die Dschigiten sie an sich drückten und sie zwangen, jeden einzelnen von ihnen zu küssen, senkte er den Kopf und machte eine Bewegung, als wollte er weggehen, doch dann rührte er sich nicht von der Stelle.

Inzwischen hatte auch Dshamilja Danijar bemerkt. Sie hörte sofort auf zu lachen und schlug die Augen nieder.

»Laßt diesen Unfug! Genug!« fuhr sie plötzlich die zurückweichenden Burschen an.

Einer versuchte sie noch einmal zu umarmen.

»Hör auf!« Dshamilja stieß ihn zurück, warf den Kopf in den Nacken, sah Danijar mit einem flüchtigen, schuldbewußten Blick an und lief ins Gebüsch, um ihr nasses Kleid auszuwringen.

Mir war noch nicht alles an ihren Beziehungen klar, ich fürchtete mich, darüber nachzudenken. Aber irgendwie hatte ich ein unbehagliches Gefühl, als ich merkte, daß Dshamilja nur deshalb so traurig war, weil sie selber Danijar aus dem Weg ging. Es wäre mir lieber gewesen, wenn sie wie früher über ihn gelacht und gespottet hätte. Doch wenn wir nachts in den Aul zurückfuhren und Danijars Liedern lauschten, freute ich mich immer für ihn und Dshamilja – warum, das wußte ich selber nicht.

In der Schlucht saß Dshamilja auf dem Wagen, in der Steppe stieg sie aus und ging zu Fuß. Ich machte es genauso, weil es schöner war, den Weg entlang zu gehen und zuzuhören. Zuerst ging jeder neben seinem Wagen her, aber dann kamen wir, ohne es zu merken, mit jedem Schritt Dani-

jars Wagen näher, immer näher. Eine geheimnisvolle Kraft zog uns zu ihm hin, wir wollten den
Ausdruck seines Gesichts und seiner Augen sehen: war das wirklich der menschenscheue, mür-
rische Danijar, der da sang?

Ich beobachtete jedesmal, wie Dshamilja erschüttert die Hand nach ihm ausstreckte, aber er
sah es nicht. Den Nacken mit der Hand stützend,
blickte er zu fernen Höhen empor und wiegte
sich von einer Seite auf die andere. Dshamiljas
Hand sank schlaff auf den Rand des Wagens, sie
zuckte zusammen, zog rasch die Hand zurück
und blieb stehen. Sie stand mitten auf dem Weg,
niedergeschlagen, bestürzt, und blickte Danijar
lange nach. Dann ging sie weiter.

Manchmal schien mir, als seien wir beide, Dshamilja und ich, von ein und derselben unerklärlichen Unruhe ergriffen. Vielleicht war dieses Gefühl schon lange in unseren Herzen verborgen
gewesen, vielleicht war jetzt seine Stunde gekommen?

Bei der Arbeit fand Dshamilja noch Vergessen,
aber während unserer seltenen Ruhepausen auf
der Dreschtenne wußte sie sich vor Erregung

kaum zu lassen. Sie stand bei den alten Männern herum, dann half sie ihnen plötzlich beim Worfeln, warf ein paar Schaufeln Weizen kraftvoll gegen den Wind, ließ die Schaufel wieder fallen und ging zu den Strohhaufen. Dort setzte sie sich in den Schatten und rief mich zu sich, als hätte sie Angst, allein zu sein.

Ich wartete immer darauf, daß sie mir etwas Wichtiges sagen, daß sie mir erklären würde, was sie so beunruhigte. Aber sie sagte nichts. Sie bettete schweigend meinen Kopf auf ihre Knie, blickte in die Ferne, wühlte in meinen stachligen Haaren und streichelte mit zitternden, heißen Fingern mein Gesicht. Ich sah sie von unten an, betrachtete dieses erregte, traurige Gesicht, und mir war, als würde ich in ihr mich selber erkennen. Auch sie war bedrückt, in ihrer Seele staute sich irgend etwas an und reifte und drängte nach außen. Und sie hatte Angst davor. Sie hatte Angst, sich einzugestehen, daß sie verliebt war, ebenso wie ich Angst davor hatte, daß sie Danijar liebte, obwohl ich es im stillen wünschte. Aber sie war ja die Schwiegertochter meiner Eltern und die Frau meines Bruders!

Solche Gedanken kamen mir jedoch immer nur für einen Augenblick. Ich verjagte sie. Es war ein wahrer Genuß für mich, ihre halbgeöffneten, bebenden Lippen und ihre von Tränen verdunkelten Augen zu sehen. Wie schön sie war! Welche Leidenschaft sprach aus ihrem Gesicht! Damals sah ich das alles nur wie im Traum, ich verstand es noch nicht ganz. Selbst heute noch stelle ich mir oft die Frage, ob die Liebe nicht eine Inspiration ist wie die Inspiration des Malers, des Dichters. Wenn ich Dshamilja ansah, war mir, als müßte ich in die Steppe hinauslaufen und mit lautem Schrei Himmel und Erde fragen, was ich tun sollte, wie ich diese unbegreifliche Unruhe und diese unbegreifliche Freude in mir bezwingen sollte. Und eines Tages fand ich die Antwort darauf.

Wir fuhren von der Bahnstation nach Hause. Die Nacht senkte sich auf die Erde herab, ganze Schwärme von Sternen funkelten am Himmel, die Steppe schlief, und nur Danijars Lied störte die Stille und verhallte in der weichen, dunklen Weite.

Aber was war nur heute mit Danijar? Aus seinem

Lied klang so viel zärtliche, ergreifende Trauer und Einsamkeit, daß sich mir vor Mitleid die Kehle zusammenschnürte.

Dshamilja ging mit gesenktem Kopf neben dem Wagen her und hielt sich an der Seitenstange fest. Und als Danijars Stimme von neuem aufklang, warf sie den Kopf zurück, sprang auf den fahrenden Wagen und setzte sich neben ihn. Sie saß wie versteinert da, die Hände über der Brust gefaltet. Ich ging ein paar Schritte voraus und betrachtete die beiden verstohlen. Danijar sang und schien nicht zu merken, daß Dshamilja neben ihm saß. Ich sah, wie ihre Hände kraftlos herabsanken und wie sie sich zu Danijar neigte und den Kopf an seine Schulter lehnte. Seine Stimme zitterte und klang einen Augenblick unsicher wie der Schritt eines mit der Peitsche angetriebenen Paßgängers – und dann ertönte sie mit neuer Kraft. Er sang von Liebe!

Ich war erschüttert. Die ganze Steppe schien zu erblühen, zu wogen, die Dunkelheit wich, und in der unendlichen Weite sah ich die Liebenden. Sie bemerkten mich nicht, sie hatten alles auf der Welt vergessen und wiegten sich im Takt des

Liedes. Ich erkannte sie nicht wieder. Und dennoch: das war Danijar in seinem offenen, abgewetzten Uniformhemd, aber seine Augen schienen in der Dunkelheit zu leuchten. Und das war meine Dshamilja, die sich an ihn lehnte, aber sie war so still und scheu, und an ihren Wimpern blitzten Tränen. Das waren zwei neue, unendlich glückliche Menschen. Und war das denn nicht das Glück? Danijars Lieder galten nur ihr, er sang für sie, er sang von ihr.

Da erfaßte mich wieder jene geheimnisvolle Erregung, die mich immer bei Danijars Liedern überkam, und mit einemmal wurde mir klar, was ich wollte: ich wollte die beiden malen.

Ich erschrak vor meinen eigenen Gedanken. Aber mein Wunsch war stärker als meine Angst. ›Ich werde sie so malen, wie sie jetzt sind, so glücklich!‹ dachte ich. ›Ob mir das gelingen wird?‹ Mir stockte der Atem vor Angst und vor Freude, ich ging wie berauscht den Steppenweg entlang. Auch ich war glücklich, denn ich wußte noch nicht, wie viele Schwierigkeiten mir mein kühner Wunsch einmal bereiten werde. Ich sagte mir, daß ich die Erde so sehen müßte, wie Danijar

sie sah, ich wollte sein Lied in Farben wiedergeben und wie er von Bergen, Steppen, Menschen, Gräsern, Wolken und Flüssen erzählen. ›Aber wo soll ich die Farben hernehmen?‹ dachte ich. ›In der Schule bekomme ich keine, die brauchen sie selber!‹ Als ob das die Hauptsache gewesen wäre! Danijars Lied brach plötzlich ab: Dshamilja umarmte ihn stürmisch, fuhr aber gleich wieder zurück, erstarrte, wandte sich brüsk zur Seite und sprang vom Wagen. Danijar zog unschlüssig die Zügel an, und die Pferde blieben stehen. Dshamilja stand mitten auf dem Weg, mit dem Rücken zu ihm. Dann warf sie den Kopf in den Nacken, sah ihn über die Schulter an und sagte, mühsam die Tränen unterdrückend: »Was schaust du mich so an?« und fügte nach einer kurzen Pause hart hinzu: »Starr mich nicht so an, fahr weiter!« und ging zu ihrem Wagen. »Und du, was hast du denn zu gaffen?« fuhr sie mich an. »Steig ein, nimm die Zügel! Ach, mit euch ist man wirklich gestraft!«

›Was hat sie nur auf einmal?‹ dachte ich verwundert und trieb die Pferde an. Ich brauchte nicht lange herumzuraten: ihr war schwer ums Herz, sie hatte ja einen Mann, er lebte noch, er lag in Saratow im Lazarett. Aber ich wollte an nichts mehr denken. Ich ärgerte mich über Dshamilja und über mich selber, und ich hätte sie vielleicht sogar gehaßt, wenn ich gewußt hätte, daß Danijar nicht mehr singen, daß ich seine Stimme nie wieder hören würde.

Ich war so müde, daß mein ganzer Körper schmerzte, ich wollte so schnell wie möglich zur Tenne und mich aufs Stroh fallen lassen. In der Dunkelheit schaukelten die Rücken der Pferde hin und her, der Wagen rüttelte unerträglich, die Zügel glitten mir aus den Händen.

Auf der Tenne nahm ich den Pferden die Kumte ab, warf sie unter den Wagen, schleppte mich zu meinem Strohhaufen und ließ mich fallen. Danijar trieb diesmal selber die Pferde auf die Weide. Am Morgen erwachte ich mit einem freudigen Gefühl. ›Ich werde Dshamilja und Danijar malen!‹ dachte ich, kniff die Augen zusammen und sah Danijar und Dshamilja ganz deutlich vor mir, so, wie ich sie darstellen wollte. Ich brauchte nur Pinsel und Farben zu nehmen und zu malen.

Ich lief zum Fluß, wusch mich und rannte zu den

Pferden. Der nasse, kalte Klee peitschte meine bloßen Beine, meine schrundenbedeckten Fußsohlen brannten wie Feuer, aber ich merkte es kaum, ich war glücklich. Im Laufen betrachtete ich alles, was um mich war. Die Sonne kam hinter den Bergen hervor, und eine Sonnenblume, die dicht am Wassergraben wuchs, reckte sich ihr entgegen. Weißköpfiger Knöterich schlang sich gierig um die Sonnenblume, aber sie ergab sich nicht: mit ihren gelben Zungen nahm sie ihm die Morgenstrahlen weg und tränkte ihren prallgefüllten Samenkorb damit. Da war die Überfahrt über den Wassergraben, von Räderspuren zerfurcht, in denen sich das Wasser sammelt. Und dort war die fliederfarbene Insel von duftenden, bis zum Gürtel reichenden Pfefferminzstauden. Ich laufe über die Heimaterde, und über meinem Kopf huschen die Schwalben hin und her. Ach, wenn ich nur Farben hätte, um das alles zu malen: die Morgensonne und die weißblauen Berge, den tauglänzenden Klee und die wilde Sonnenblume am Wassergraben!

Als ich zur Tenne kam und Dshamiljas finsteres, eingefallenes Gesicht sah, verschwand meine rosige Stimmung. Unter ihren Augen waren dunkle Schatten, sie hatte gewiß die ganze Nacht nicht geschlafen. Sie lächelte mir nicht zu wie sonst und sprach auch kein Wort mit mir. Als Orosmat kam, ging Dshamilja zu ihm und sagte, ohne ihn zu begrüßen:

»Nehmt euren Wagen mit! Schickt zur Bahnstation, wen ihr wollt – ich fahre nicht mehr!«

»Was ist denn, Dshamilja? Dich hat wohl eine Bremse gestochen«, fragte Orosmat erstaunt und lächelte gutmütig.

»Red keinen Unsinn! Laßt mich in Ruhe, quält mich nicht! Ich habe dir gesagt, daß ich nicht mehr fahre, und Schluß!«

Das Lächeln verschwand aus Orosmats Gesicht. »Du wirst fahren, ob du willst oder nicht!« Er stieß seine Krücke auf die Erde. »Wenn dich jemand gekränkt hat, dann sag es – ich haue meine Krücke auf seinem Rücken entzwei! Und wenn nicht, dann mach keinen Unsinn: du fährst doch Korn für die Soldaten, dein Mann ist doch auch an der Front!« Und er ließ sie stehen und humpelte an seiner Krücke davon.

Dshamilja wurde dunkelrot vor Verlegenheit, sie

warf Danijar einen kurzen Blick zu und seufzte leise.

Danijar stand ganz in der Nähe, mit dem Rücken zu Dshamilja, und schirrte hastig die Pferde an. Er hatte das ganze Gespräch mitangehört. Dshamilja blieb noch eine Weile stehen und drehte die Peitsche in den Händen hin und her, dann winkte sie niedergeschlagen mit der Hand ab und ging zu ihrem Wagen.

An diesem Tag fuhren wir früher als sonst nach Hause. Danijar trieb auf dem ganzen Weg die Pferde an, Dshamilja war verstimmt und sprach kein Wort. Ich wollte meinen Augen nicht glauben angesichts dieser schwarzen, wie ausgebrannten Steppe. Gestern hatte sie ganz anders ausgesehen, schön wie im Märchen. Das Bild des Glückes, das mein ganzes Wesen verwandelt hatte, wollte mir nicht aus dem Sinn. Mir war, als hätte ich mit einemmal alle Schönheit des Lebens erfaßt, ich stellte es mir bis ins Kleinste vor, es war das einzige, das mich bewegte. Ich beruhigte mich erst, als ich der Waagemeisterin ein Stück dickes, weißes Papier gestohlen hatte. Mit wild klopfendem Herzen lief ich hinter den Heuschober und legte das Papier auf eine hölzerne Schaufel, die ich im Vorbeigehen auf der Tenne mitgenommen hatte. »Allah hilf!« flüsterte ich wie einst mein Vater, als er mich zum ersten Mal aufs Pferd gesetzt hatte, und begann zu zeichnen. Die ersten Striche waren noch unbeholfen, doch als Danijars Züge auf dem Blatt hervortraten, vergaß ich alles. Schon sah ich jene Augustnacht in der Steppe auf dem Papier, hörte Danijars Lied, sah ihn selbst, den Kopf zurückgeworfen, die Brust entblößt, und neben ihm Dshamilja, an seine Schulter gelehnt. Das war meine erste selbständige Zeichnung: der Wagen, Dshamilja und Danijar, die Leinen, die über das Vorderteil des Wagens geworfen waren, die hin und her schaukelnden Pferderücken, die Steppe und die fernen Sterne.

Ich zeichnete mit solcher Hingabe, daß ich alles um mich vergaß und erst wieder zu mir kam, als eine Stimme über mir sagte:

»He, bist du denn taub!«

Dshamilja stand vor mir. Ich hatte keine Zeit mehr, meine Zeichnung zu verstecken, und errötete vor Verlegenheit.

»Die Wagen sind längst beladen, wir schreien und rufen schon eine ganze Stunde, aber du hörst nichts! Was machst du denn da?« fragte sie und nahm die Zeichnung. »Hm!« Sie zuckte ärgerlich mit den Achseln.

Ich wäre am liebsten in den Erdboden versunken. Dshamilja betrachtete die Zeichnung sehr lange, dann sah sie mich mit traurigen, feuchten Augen an und sagte leise:

»Gib mir das, Kitschine bala... Ich möchte es mir zur Erinnerung aufheben...« Und sie faltete das Blatt zusammen und steckte es in ihre Bluse.

Wir fuhren schon auf der Landstraße, aber ich war noch immer nicht ganz zu mir gekommen. Das alles war wie ein Traum gewesen, ich konnte kaum glauben, daß ich etwas gezeichnet hatte, das dem glich, was ich gesehen hatte. Aber irgendwo in der Tiefe meiner Seele fühlte ich ein naives Frohlocken, sogar Stolz, und Träume, einer kühner und verlockender als der andere, verdrehten mir den Kopf. Ich stellte mir all die vielen Bilder vor, die ich malen wollte, nicht mit dem Bleistift, sondern mit Farben, und deshalb merkte ich nicht, daß wir sehr schnell fuhren.

Danijar trieb unablässig die Pferde an, und Dshamilja blieb nicht hinter ihm zurück. Ab und zu
schaute sie sich mit rührendem, schuldbewußtem
Lächeln um. Ich lächelte auch und dachte: ›Sie ist
Danijar und mir nicht mehr böse, und wenn sie
ihn bittet, wird er heute wieder singen ...‹

Dieses Mal kamen wir viel früher zur Bahnstation als sonst, aber dafür waren auch die Pferde
schweißbedeckt. Danijar begann hastig Säcke zu
schleppen. Warum er es so eilig hatte und was in
ihm vorging, war schwer zu verstehen. Wenn
Züge vorbeifuhren, blieb er eine Weile stehen
und schaute ihnen lange nach. Sein Blick war
nachdenklich. Dshamilja blickte in dieselbe
Richtung wie er, als versuche sie zu ergründen,
woran er dachte.

»Komm mal her, das Hufeisen hier wackelt, hilf
mir es abreißen!« rief sie ihm zu.

Danijar klemmte den Huf zwischen die Knie und
riß das Eisen ab. Als er sich wieder aufrichtete,
sah Dshamilja ihm in die Augen und sagte leise:
»Was hast du denn? Oder begreifst du es wirklich
nicht? ... Als ob ich die einzige auf der Welt
wäre ...«

Danijar blickte schweigend zur Seite.

»Für mich ist es auch nicht leicht«, sagte sie seufzend.

Danijars Brauen zuckten, er sah sie liebevoll und traurig an und sagte etwas, aber so leise, daß ich es nicht verstand. Dann ging er rasch zu seinem Wagen. Im Gehen strich er zärtlich über das Hufeisen in seiner Hand. Er schien sehr zufrieden. Ich schaute ihn verständnislos an: Wieso hatten ihn Dshamiljas Worte getröstet? Was war das denn für ein Trost, wenn ein Mensch mit tiefem Seufzer sagte: ›Für mich ist es auch nicht leicht‹?

Als wir mit dem Ausladen fertig waren und nach Hause fahren wollten, kam ein verwundeter Soldat in den Hof, hager, in zerdrücktem Mantel, einen Rucksack auf den Schultern. Einige Minuten vorher hatte ein Zug auf der Station gehalten. Der Soldat schaute sich nach allen Seiten um und rief laut:

»Ist hier jemand aus dem Aul Kukureu?«

»Ich bin aus Kukureu!« antwortete ich und überlegte, wer das sein könnte.

»Wem gehörst du denn, Junge?« fragte der Soldat

und wollte auf mich zugehen, aber da sah er Dshamilja und lächelte überrascht und erfreut.

»Kerim, bist du's?« rief Dshamilja.

»Ach, Dshamilja, liebe Schwester!« Der Soldat eilte auf sie zu und drückte ihr mit beiden Händen die Hand. Er war ein Landsmann von Dshamilja.

»Du kommst mir wie gerufen! Wie gut, daß ich hier ausgestiegen bin. Als ob ichs geahnt hätte!« sagte er aufgeregt. »Ich komme nämlich von Sadyk, wir haben zusammen im Lazarett gelegen. So Gott will, ist er in ein, zwei Monaten zu Hause. Beim Abschied habe ich zu ihm gesagt: ›Schreib rasch deiner Frau einen Brief, ich nehme ihn mit.‹ Da ist er, heil und unversehrt.«

Kerim hielt Dshamilja ein weißes Dreieck hin. Dshamilja griff hastig nach dem Brief, wurde dunkelrot und dann ganz blaß und warf einen raschen Blick auf Danijar. Er stand einsam neben dem Wagen, mit gespreizten Beinen, wie damals auf der Tenne, und sah Dshamilja verzweifelt an.

Da kamen die Leute von allen Seiten gelaufen, der Soldat entdeckte Verwandte und Bekannte,

und es hagelte nur so Fragen. Noch ehe sich
Dshamilja für den Brief bedanken konnte, ras-
selte Danijars Wagen an ihr vorbei zum Hof
hinaus, fuhr polternd durch die Schlaglöcher und
raste davon, daß der Staub flog. »Bist du überge-
schnappt!« schrien ihm die Leute nach.
Der Soldat war inzwischen weggegangen, aber
Dshamilja und ich standen noch immer im Hof
und schauten den Staubwolken nach.
»Komm, Dshene, wir fahren nach Hause«, sagte
ich.
»Fahr nur, laß mich allein!« antwortete sie voller
Bitterkeit.
So fuhren wir zum ersten Mal getrennt nach
Hause. In der glühenden Hitze brannten meine
trockenen Lippen wie Feuer. Die geborstene,
ausgedorrte, den Tag über bis zur Weißglut er-
hitzte Erde begann abzukühlen und färbte sich
weißlichgrau wie Salz. Die Sonne schwamm
formlos in salzgrauem Dunst, über dem trüben
Horizont ballten sich orangerote Sturmwolken
zusammen. Ein trockener, heißer Wind fegte
über die Steppe, bedeckte die Mäuler der Pferde
mit grauem Schaum, warf schwer die Mähnen

zurück und fuhr rauschend durch die Wermutsträucher auf den Hügeln.

›Es wird wohl Regen geben‹, dachte ich.

Ich fühlte mich schutzlos und verlassen, eine
dumpfe Unruhe überkam mich, und ich hieb auf
die Pferde ein, die immer wieder in Schritt fallen
wollten. Langbeinige, dünne Trappen rannten
aufgeregt in eine Schlucht, über den Weg flogen
die dürren Blätter der Steppendisteln, die es in
unserer Gegend nicht gibt; der Wind hatte sie aus
der Kasachensteppe herübergeweht. Die Sonne
ging unter. Ringsum kein Mensch, nur die öde,
vom Tag erschöpfte Steppe.

Als ich zur Dreschtenne kam, war es schon dunkel. Alles war still, kein Lüftchen regte sich. Ich
rief nach Danijar.

»Er ist an den Fluß gegangen«, antwortete mir
der Nachtwächter. »So eine Hitze! Zum Erstik-
ken! Alle sind nach Hause gegangen, ohne Wind
kann man ja auf der Tenne nichts machen!«

Ich führte die Pferde auf die Weide und ging zum
Fluß – ich kannte Danijars Lieblingsplatz über
dem steilen Ufer. Er saß auf der Erde, den Kopf
auf die Knie gelegt, und horchte auf das Rau-

schen des Wassers. Ich wäre gern zu ihm gegangen und hätte ihm den Arm um die Schulter gelegt und ihm ein freundliches Wort gesagt, aber was konnte ich ihm denn sagen? Ich blieb eine Weile stehen und ging zur Tenne zurück. Dann lag ich lange im Stroh, starrte auf den dunklen, wolkigen Himmel und dachte: ›Warum ist das Leben nur so unbegreiflich und kompliziert?‹

Dshamilja war immer noch nicht von der Bahnstation zurückgekommen. Wo steckte sie nur? Ich konnte nicht einschlafen, obwohl ich todmüde war. Über den Bergen, tief in den Wolken, zuckten rötliche Blitze.

Als Danijar kam, schlief ich noch nicht. Er wanderte ziellos auf der Tenne hin und her und schaute immer wieder auf den Weg hinaus. Dann legte er sich hinter dem Heuschober neben mich ins Stroh. ›Er wird fortgehen, irgendwohin, jetzt wird er nicht mehr im Aul bleiben! Aber wo soll er denn hin? Er ist ja ganz allein, er hat weder Haus noch Hof, niemand braucht ihn‹, dachte ich. Im Einschlafen hörte ich das Rattern eines näher kommenden Wagens. Das war wohl Dshamilja…

Ich weiß nicht, wie lange ich geschlafen hatte – plötzlich hörte ich dicht an meinem Ohr Schritte. Das Stroh raschelte leise, und mir war, als hätte ein nasser Flügel meine Schulter gestreift. Ich öffnete die Augen: es war Dshamilja. Sie hatte im Fluß gebadet, ihre Kleider waren noch naß. Sie blieb eine Weile stehen, schaute sich unruhig nach allen Seiten um und setzte sich dann neben Danijar.

»Danijar, ich bin gekommen, ich bin von selbst gekommen«, sagte sie leise.

Ringsum war es totenstill, lautlos glitten die Blitze zur Erde.

»Bist du gekränkt? Sehr gekränkt, ja?«

Dann war alles wieder still, nur ein Erdklumpen fiel klatschend ins Wasser.

»Ich kann doch nichts dafür ... Und du kannst auch nichts dafür ...«, flüsterte Dshamilja.

Über den fernen Bergen donnerte es leise. Ein Blitz beleuchtete Dshamiljas Profil. Sie sah sich um und warf sich Danijar an die Brust. Ihre Schultern zuckten krampfhaft unter seinen Händen. Dann steckte sie sich neben ihm im Stroh aus.

Aus der Steppe kam ein glühendheißer Wind, warf das Stroh durcheinander, rüttelte an der wackligen Jurte am Rand der Tenne und wirbelte wie ein Kreisel den Weg entlang. Und wieder flammten blaue Lichter in den Wolken auf, und mit trockenem Krachen entlud sich das Gewitter. Mir war bang und froh zumute: das Gewitter war da, das letzte Sommergewitter.

»Hast du wirklich gedacht, daß ich dich gegen ihn eintauschen würde?« flüsterte Dshamilja.

»Nicht um die Welt! Er hat mich nie geliebt, sogar den Gruß an mich hat er immer ganz zuletzt geschrieben. Ich brauche ihn nicht mit seiner verspäteten Liebe, mögen die Leute sagen, was sie wollen! Ich gebe dich nicht her, Liebster, niemandem gebe ich dich! Ich liebe dich schon so lange. Noch bevor ich dich kannte, habe ich dich geliebt und auf dich gewartet, und du bist gekommen, als hättest du gewußt, daß ich auf dich warte!«

Ein gezackter Blitz nach dem anderen fuhr hinter der Böschung in den Fluß. Kalte Regentropfen prasselten auf das Stroh.

»Dshamilja! Dshamaltaj!« flüsterte Danijar und

nannte sie mit den zärtlichsten kasachischen und kirgisischen Namen. »Dreh dich um, laß mich in deine Augen sehen!«

Der Sturm riß die Filzdecke von der Jurte, sie flatterte wie ein angeschossener Vogel; windgepeitscht, gleichsam die Erde küssend, strömte der Regen herab. Wie eine mächtige Lawine rollte der Donner über den ganzen Himmel, über den Bergen flammten Blitze auf, rot wie die Tulpen im Frühjahr, zwischen den steilen Ufern des Flusses heulte der Wind.

Es goß in Strömen. Ich hatte mich tief ins Stroh eingegraben und fühlte, wie mein Herz unter meiner Hand pochte. Ich war glücklich. Ich hatte ein Gefühl, als sei ich nach langer Krankheit zum ersten Mal wieder ins Freie gegangen, um die Sonne zu sehen. Der Regen und der Widerschein der Blitze drangen durchs Stroh, aber das störte mich nicht, ich schlief lächelnd ein und konnte nicht unterscheiden, ob Dshamilja und Danijar miteinander flüsterten oder ob der nachlassende Regen im Stroh raschelte.

Die Regenzeit hatte begonnen, es ging auf den Herbst zu. In der Luft spürte man schon den herbstlich-dumpfen Geruch von Wermut und nassem Stroh. Was würde uns der Herbst wohl bringen? Darüber machte ich mir noch keine Gedanken.

In diesem Herbst besuchte ich nach zweijähriger Unterbrechung wieder die Schule. Nach dem Unterricht ging ich oft zum Fluß und setzte mich neben die Tenne, die jetzt stumm und verlassen dalag. Hier malte ich meine ersten Studien. Ich hatte nur Schülerfarben, und manches gelang mir nicht so, wie ich es haben wollte.

›Die Farben taugen nichts! Wenn ich nur richtige Farben hätte!‹ sagte ich mir, obwohl ich keine Vorstellung hatte, wie sie sein mußten. Richtige Ölfarben in Bleituben bekam ich erst viel später zu sehen.

Farben hin, Farben her – meine Lehrer hatten recht: Das alles mußte man eben lernen. Aber daran war nicht zu denken, solange wir keine Nachricht von meinen Brüdern hatten. Meine Mutter hätte mich, den ›Dschigiten und Ernährer zweier Familien‹, um nichts in der Welt von zu Hause fortgehen lassen. Ich wagte nicht, auch nur ein Wort davon zu sagen. Und der Herbst war so schön, daß ich am liebsten den ganzen Tag gemalt hätte.

Das Wasser des Kukureu war gefallen, die Steine auf den Sandbänken waren mit dunkelgrünem und orangefarbenem Moos bedeckt, die kahlen, biegsamen Weidenzweige schimmerten rot im Morgenfrost, die niedrigen Pappeln hatten ihre dicken, gelben Blätter noch nicht abgeworfen. Die rauchgeschwärzten, regennassen Jurten der Pferdehirten hoben sich schwarz von dem fuchsroten Gras der Wiesen ab, über den Abzugslöchern kräuselten sich dünne Rauchfahnen. Die mageren Hengste wieherten herbstlich laut – die Mutterstuten hatten sich zerstreut, und es war nicht leicht, sie bis zum Frühling bei der Herde zu halten. Die Viehherden kamen aus den Bergen zurück und zogen über die Stoppelfelder, die braune, tote Steppe war kreuz und quer von Hufspuren durchzogen.

Bald begann der Steppenwind zu wehen, der Himmel wurde trüb, kalter Regen fiel, der Vorbote des Schnees. An einem leidlich schönen Tag ging ich zum Fluß – ein Vogelbeerstrauch auf der

Sandbank dicht am Ufer stach mir in die Augen. Nicht weit von der Furt setzte ich mich ins Weidengestrüpp. Und plötzlich sah ich zwei Menschen, die anscheinend über die Furt wollten. Es waren Dshamilja und Danijar. Danijar hatte einen Rucksack auf dem Rücken und ging sehr schnell – die Schöße seines offenen Mantels schlugen an die Schäfte seiner abgetretenen Stiefel. Dshamilja hatte ihr bestes geblümtes Kleid an und darüber eine gesteppte Velvetjacke, ihr weißes Kopftuch war in den Nacken geschoben. In der einen Hand trug sie ein kleines Bündel, mit der anderen hielt sie sich an dem Riemen von Danijars Rucksack fest. Sie unterhielten sich über irgend etwas.

Jetzt gingen sie durch den mit Weidengestrüpp bewachsenen Hohlweg, und ich schaute ihnen nach und wußte nicht, was ich tun sollte. Sollte ich sie anrufen? Aber die Zunge klebte mir am Gaumen. Die letzten purpurnen Strahlen glitten über die Wolkenkette an den Bergen, dann wurde es rasch dunkel. Danijar und Dshamilja gingen, ohne sich umzuschauen, in Richtung der Bahnlinie, aber anscheinend nicht zur Station, sondern zur Ausweichstelle. Ihre Köpfe tauchten noch ein-, zweimal zwischen dem Weidengebüsch auf, dann waren sie verschwunden.

»Dshamilja-ja!« schrie ich, so laut ich konnte.

»A-a-a!« hallte es traurig zurück.

Dshamilja-a-a!« schrie ich noch einmal und rannte wie von Sinnen hinter ihr her, mitten durch den seichten Fluß.

Ganze Wolken eisiger Spritzer flogen mir ins Gesicht, meine Kleider waren durchnäßt, aber ich lief weiter, ohne auf den Weg zu achten, stolperte und fiel der Länge nach hin. Ich lag da, ohne den Kopf zu heben, und Tränen strömten mir übers Gesicht. Mir war, als hätte sich die ganze Dunkelheit der Nacht auf meine Schultern gewälzt. Leise, klagend pfiffen die biegsamen Stengel des Pfriemengrases.

»Dshamilja! Dshamilja!« schluchzte ich laut.

Ich nahm Abschied von den beiden Menschen, die mir am liebsten waren. Und erst jetzt, als ich auf der Erde lag, begriff ich mit einem Male, daß ich Dshamilja geliebt hatte. Ja, sie war meine erste, noch kindliche Liebe gewesen.

Ich lag lange da, den Kopf auf den nassen Ellbogen gelegt. Ich nahm nicht nur von Dshamilja und Danijar Abschied, sondern auch von meiner Kindheit.

Als ich im Dunkeln nach Hause kam, war in unserem Hof ein wilder Aufruhr. Steigbügel klirrten, Pferde wurden gesattelt, und Osmon, hoch zu Roß und völlig betrunken, brüllte:

»Wir hätten diesen hergelaufenen Bastard schon längst aus dem Aul jagen sollen. Er hat Schmach und Schande über unser ganzes Geschlecht gebracht! Wenn ich ihn zu fassen kriege, schlage ich ihn auf der Stelle tot, und wenn ich vor Gericht komme – ich dulde nicht, daß der erstbeste Landstreicher unsere Weiber entführt! Auf die Pferde, Dschigiten!«

Mir wurde eiskalt – aber sie ritten nicht zur Ausweichstelle, sondern zur Bahnstation. Ich stahl mich unbemerkt ins Haus und wickelte den Kopf in den Pelz meines Vaters, damit niemand meine Tränen sähe.

Was wurde im Aul nicht alles geredet und geklatscht! Die Frauen zogen um die Wette über Dshamilja her.

»So ein dummes Weib! Aus so einer guten Fa-

milie wegzugehen! Sie tritt ihr Glück mit
Füßen.«

»Was findet sie nur an ihm? Er hat ja nichts als
einen zerrissenen Mantel und ein Paar durchlö-
cherte Stiefel!«

»So ein hergelaufener Kerl! Ein richtiger Landstreicher! Er hat nichts außer dem, was er auf
dem Leib trägt. Na, der werden noch die Augen
aufgehen, aber dann ist's zu spät!«

»Ja, das sage ich auch. Ist Sadyk vielleicht kein
guter Mann und ein schlechter Wirt? Der erste
Dschigit im Dorf!«

»Und die Schwiegermutter! So eine Schwiegermutter gibt Allah nicht jedem. Da kannst du
lange suchen, bist du so eine findest! Sie hat sich
ins Unglück gebracht, das dumme Weib, für
nichts und wieder nichts!«

Vielleicht war ich der einzige, der Dshamilja
nicht verurteilte. Mochte Danijar auch nur einen
alten Mantel und löchrige Stiefel besitzen, ich
wußte, daß er in seiner Seele reicher war als wir
alle. Nein, ich konnte nicht glauben, daß Dshamilja mit ihm unglücklich würde. Aber meine
Mutter tat mir leid. Es war, als sei mit Dshamilja

ihre ganze Kraft verschwunden. Sie war traurig und niedergeschlagen und konnte sich mit dem Gedanken nicht abfinden, daß das Leben bisweilen über Nacht das einmal Gefügte niederreißt. Wenn ein mächtiger, alter Baum vom Sturm geknickt wird, richtet er sich nicht wieder auf.

Früher hatte meine Mutter mich nie gebeten, ihr die Nadel einzufädeln, ihr Stolz ließ es nicht zu. Aber einmal, als ich aus der Schule heimkam, sah ich, daß ihre Hände zitterten, sie sah das Nadelöhr nicht mehr und weinte.

»Da, fädle mir die Nadel ein!« sagte sie zu mir und seufzte tief. »Dshamilja wird zugrunde gehen... Ach, was für eine gute Hausfrau wäre sie geworden! Aber sie ist fortgegangen... hat sich von uns losgesagt... Warum ist sie nur gegangen? Hat sie es bei uns nicht gut gehabt?«

Ich hätte meine Mutter so gerne getröstet und ihr erzählt, was für ein Mensch Danijar war, aber ich wagte es nicht, denn ich hätte sie damit sehr betrübt. Obwohl ich meiner Mutter nichts sagte, kam es eines Tages doch heraus, daß ich an der ganzen Geschichte beteiligt war.

Bald kam Sadyk zurück, und er war sehr niedergeschlagen, obwohl er im Rausch zu Osmon gesagt hatte:

»Sie wird irgendwo verkommen, und das geschieht ihr ganz recht. Warum ist sie fortgegangen? Ich trauere ihr nicht nach, es gibt genug Weiber auf der Welt. Ein Weib ist nicht einmal den größten Taugenichts wert, und wenn sie goldene Haare hätte!«

»Ja, das stimmt!« antwortete Osmon. »Es tut mir nur leid, daß ich ihn damals nicht erwischt habe, ich hätte ihn umgebracht, und basta! Und sie hätte ich an den Zöpfen gepackt und an einen Pferdeschweif gebunden. Sie sind sicher nach Süden gegangen, auf die Baumwollfelder, oder vielleicht zu den Kasachen – er strolcht ja nicht zum ersten Mal im ganzen Land herum! Nur eins begreife ich nicht – wie das alles passiert ist, ohne daß einer etwas davon gemerkt und gewußt hat. Sie hat das alles allein ausgeheckt, dieses Luder! Ich hätt's ihr schon gegeben!«

Als ich diese Reden hörte, hätte ich Osmon am liebsten gesagt: ›Du kannst wohl nicht vergessen, wie sie dir bei der Heuernte die Meinung gesagt hat, du niederträchtiger Kerl!‹

Eines Tages saß ich zu Hause und machte eine Zeichnung für die Wandzeitung in der Schule. Meine Mutter stand am Ofen und kochte. Plötzlich kam Sadyk hereingerannt. Ganz blaß, vor Wut die Augen zusammenkneifend, fuhr er auf mich los und hielt mir ein Blatt Papier unter die Nase.

»Hast du das gezeichnet?«

Ich erstarrte vor Schreck. Das war meine erste Zeichnung. Dshamilja und Danijar sahen mich an, als wären sie lebendig.

»Ja.«

»Wer ist das?« Er tippte mit dem Finger auf das Papier.

»Danijar.«

»Verräter!« schrie mir Sadyk ins Gesicht, zerriß die Zeichnung in kleine Fetzen, ging hinaus und warf krachend die Tür zu.

Nach langem, drückendem Schweigen fragte meine Mutter:

»Hast du es gewußt?«

»Ja.«

Sie lehnte sich an den Ofen und sah mich vorwurfsvoll und verständnislos an. Und als ich sagte: »Ich werde sie noch einmal zeichnen!«, schüttelte sie bekümmert und hilflos den Kopf. Ich betrachtete die Papierfetzen auf dem Fußboden, und vor Zorn und Gekränktheit schnürte sich mir die Kehle zusammen. Meinetwegen konnten sie mich für einen Verräter halten! Wen hatte ich denn verraten? Unsere Familie? Unser Geschlecht? Aber dafür hatte ich die Wahrheit nicht verraten, die Wahrheit des Lebens, die Wahrheit dieser beiden Menschen! Das konnte ich niemandem sagen, sogar meine Mutter hätte mich nicht verstanden.

Alles verschwamm vor meinen Augen, die Papierfetzen auf dem Boden begannen sich zu drehen, als seien sie lebendig. Der kurze Augenblick, in dem Danijar und Dshamilja mich von der Zeichnung ansahen, hatte sich mir so tief eingeprägt, daß ich plötzlich das Lied zu hören glaubte, das Danijar in jener Augustnacht gesungen hatte. Ich dachte daran, wie sie aus dem Dorf fortgegangen waren, und plötzlich spürte ich ein unbändiges Verlangen, mich auf den Weg zu machen, kühn und entschlossen wie sie das Glück zu suchen.

»Ich gehe weg, ich will etwas lernen ... Ich sage
es dem Vater ... Ich möchte Maler werden!«
sagte ich zu meiner Mutter. Ich erwartete, daß sie
mir Vorwürfe machen, weinen und von meinen
an der Front vermißten Brüdern sprechen werde,
aber zu meiner Verwunderung weinte sie nicht.
Sie sagte nur leise und traurig:
»Fahr nur ... Ihr seid flügge geworden und wollt
fort aus dem Nest ... Woher sollen wir wissen,
ob ihr hoch fliegen werdet? Vielleicht habt ihr
recht ... Vielleicht überlegst du es dir wieder anders, wenn du fort bist. Zeichnen und malen – das
ist etwas anderes als ein Handwerk, das wirst
du bald merken ... Vergiß dein Elternhaus
nicht ...«
An diesem Tag wurde das Kleine Haus ein selbständiges Gehöft, und bald darauf ging ich von
zu Hause fort, um zu studieren.
Das ist die ganze Geschichte.
In der Akademie, wohin ich nach dem Besuch
der Kunstschule geschickt wurde, legte ich meine
Diplomarbeit vor – ein Bild, von dem ich lange
geträumt hatte.
Es ist nicht schwer zu erraten, daß ich auf diesem

Bild Dshamilja und Danijar dargestellt habe. Sie gehen durch die herbstliche Steppe, vor ihnen dehnt sich die lichte, freie Weite. Mein Bild ist alles andere als vollkommen – man wird nicht über Nacht zum Meister –, aber es bedeutet mir unendlich viel, denn es ist der erste Ausdruck meiner schöpferischen Unruhe.

Auch jetzt habe ich Mißerfolge und schwere Stunden, in denen ich den Glauben an mich selbst verliere. Dann zieht es mich immer zu diesem Bild, zu Dshamilja und Danijar. Ich betrachte sie lange und unterhalte mich in Gedanken mit ihnen.

›Wo mögt ihr jetzt sein?‹ frage ich, ›welche Straße wandert ihr entlang? Bei uns gibt es viele neue Straßen in der Steppe, durch ganz Kasachstan bis zum Altai und nach Sibirien. Wagemutige Menschen arbeiten dort. Vielleicht seid auch ihr dorthin gegangen? Ohne dich umzuschauen, bist du in die Steppe hinausgewandert, meine Dshamilja. Vielleicht bist du müde, vielleicht hast du den Glauben an dich verloren? Lehne dich an Danijar, er soll dir sein Lied von der Liebe singen, von der Erde, vom Leben! Und die Steppe wird zu wogen beginnen und in allen Farben leuchten, und du wirst dich an jene Augustnacht erinnern. Geh, Dshamilja, bereue nichts, du hast dein schwieriges Glück gefunden!‹

Ich betrachte die beiden und höre die Stimme Danijars, er ruft mich zum Aufbruch. Ich werde durch die Steppe zu meinem Aul gehen, ich werde dort neue Farben finden. Und in jedem meiner Bilder wird Danijars Lied erklingen, wird Dshamiljas Herz schlagen.

Zu dieser Ausgabe

insel taschenbuch 2323
Tschingis Aitmatow
Dshamilja

Originaltitel: Dzamilia. Erstveröffentlichung in: Novyj Mir,
1958. Der vorliegende Text folgt der Ausgabe: Tschingis
Aitmatow, Dshamilja. Erzählung. Aus dem Russischen von
Gisela Drohla. Insel Verlag Frankfurt am Main 1962. [Insel-
Bücherei 773]. Das Vorwort von Louis Aragon mit dem Titel
»Die schönste Liebesgeschichte der Welt« wurde von Trau-
gott König übersetzt und erschien erstmals 1972 im Band 315
der Bibliothek Suhrkamp. Hans G. Schellenberger hat die
Illustrationen für die vorliegende Ausgabe angefertigt.

Großdruck
im insel taschenbuch

170/1/9.91

Großdruck
im insel taschenbuch

170/2/9.91